文學新象 065

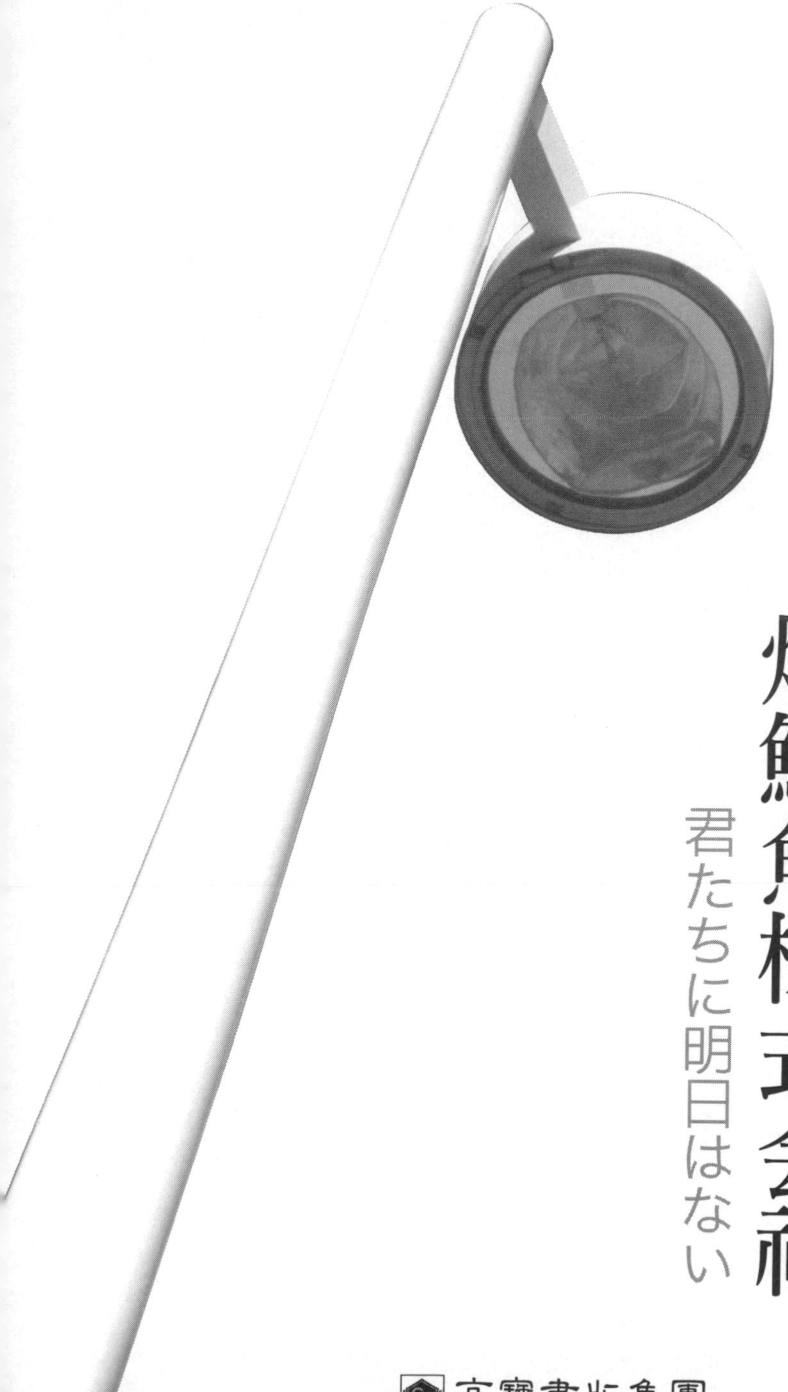

炒魷魚株式会社

君たちに明日はない

垣根涼介◎著
葉小燕◎譯

高寶書版集團

第一部

憤怒

1

我這到底是在做什麼？

第五位約談對象是這家公司的經營企畫部課長，剛剛才垂頭喪氣的走出了房間。

偷偷瞄了一眼牆上的鐘：下午三點。連同午餐時間，已經連續面談了五個鐘頭，其中有四個人總算勉強答應自動離職。

還需要一個，才算達成今天的工作目標。

兩邊的肩頸開始有些僵硬，內心深處也是。

真介嘆了口氣，稍稍鬆開領帶，轉頭看著鄰座的助理。

「美代，下一分資料。」

「是——」

川田美代子的回答就像已經沒氣的汽水一樣。

和她共事將近一年了吧。她今年二十三歲，是人力仲介公司派遣的臨時雇員，擔任面談助手，公司支付仲介的時薪是兩千五百元日幣。其實也沒什麼工作要做，不過就是靜靜坐在旁邊，遞遞資料、端端茶或咖啡之類的。

她緩緩站起來，走到真介身邊遞上資料。

「謝了。」

資料遞過來的同時，她的袖口飄出一陣淡淡的香水味，應該是Bvlgari的綠茶香水吧。腦袋雖然不怎麼樣，五官卻相當端正，膚質也很好；因為不常動腦思考太複雜的問題，看起來總是一副氣定神閒的模樣；瞳孔周圍的眼白呈現淡青色，想必每天都睡得很好吧。

老是在一旁發呆的這個女人……

社會上就是有這種人，只在意當下，賺來的錢幾乎全拿去做臉、修指甲、買條美麗的腳鍊，對於外在的修飾努力不懈。這些嬌生慣養的女生只重視外表，在消費市場來來去去，不管景氣怎樣不好、求職如何困難，反正吃住全靠父母。

不過，真介並不討厭這種人。像現在這樣，即使只有他們兩人相處的場合，她也不多話，只顧著發呆，更不會說些自作聰明的廢話。她就像一幅用華麗外框鑲著的畫作，毫不礙眼。

好吧，接下來是——真介回過神，視線落在資料的第一頁。

右上方照片裡的中年男子是一個大餅臉，看起來相當倔強。平山和明，四十八歲，在這家公司二十五年了，現任川口支店店長。

大約在兩個星期前就看過這分資料，當時唯一的感想是——

這個男人，實在很差勁。

昭和五〇年代中期，從東京某所排名第二的私立大學畢業之後，就進入這家建材公司「森松House」任職，之後一直從事業務工作，業績還算不錯。個人資料裡註明，大學時曾參加橄欖球社團，似乎可以想像得出來，年輕時是靠著孔武有力的氣勢拿到不少訂單的吧。平山和明在景氣大好之際，昭和六十三年（一九八八年）被擢升為津田沼支店的副支店長，平成二年（一九九〇年）升任支店長。平成四年，更榮升神田支社社長，並兼任東京都內東區經理。

接受委託之後，真介對這家公司的內部狀況做了一番調查。

通常，只要能當上神田支社的社長，幾乎可以確定未來前途一片光明，熬個幾年，必定能當上總公司的營業部長；如果沒犯什麼大錯，董事的位子就向你招手了。

不過，這個中年男子的傲人經歷卻到此為止。

平成七年，他被調往規模較小的松戶支店任支店長職位；平成十年，更被流放到甲府營業所擔任所長；平成十二年，轉往靜岡營業所。平成十四年，雖然總算回到大城市擔任川口支店的支店長，卻必須兼任地方的經理，也就是除了管理部下之外，自己還得四處奔波衝業績，並不輕鬆。坦白講，其實是降調。而且，最後還是免不了落到接受面談的下場。

他會被降職，除了經濟不景氣的影響，當然還有其他原因。原本一路順遂的他，為什麼中途竟會被判出局，這分資料從第三頁開始羅列的罪狀多到令人吃驚。這些都是真介自己著手蒐集來的，由人事部門裡對他的不利傳聞開始調查，再一一訪查曾經和他共事的部下。

真介覺得有點啼笑皆非。

其實，自己現在所做的，和這個男人不相上下。

他看了一下時間。三點五分，應該快來了吧。

旁邊那個呆呆坐著、盯著自己雙手的女人，大概正藉由窗外照射進來的光線，檢查指甲油是否完美無瑕吧。真介正想開口說些什麼，這時眼前那扇橡木門響起了重重的敲門聲。

真介轉身坐定，對著門口說：「請進！」

銀色的門把轉動，身穿深灰色雙排扣西裝的平山走了進來。那張大餅臉在面對真介時，厭惡的神情一閃而過，真介卻看在眼裡。如果轉換成語言，這句話應該就是：「我的去留，要由你這個小毛頭來決定嗎？」

說的也是，真介才三十三歲，這個男人的年紀大他一輪有餘呢。

「您是平山先生吧！」真介很客氣的開了口。「這邊請坐。」

平山默默走近，在真介面前坐下。他抬起頭，視線再度和真介交會。因為覺得遭受屈辱所引發的憤怒，使他的肩頭不由得開始抖動。

「謝謝您在百忙之中抽空過來。」真介以熟練的口吻繼續說著。從事這分工作已經五年了，對於這樣的敵意，他早就習以為常。

「您要不要喝杯咖啡或是……？」

他當然知道平山這時候哪裡還有心情想這些，只不過，這樣可以稍稍轉移他的注意力。

「……喔……不用。」平山嘟囔著，聲音像是被痰卡住了一樣。

「是嗎？那我們就直接進入主題了。」真介故意用微弱的聲音，一邊說一邊在對方面前把資料夾攤開。「今天，是貴公司的部長要您過來的吧？」

「……是。」

「部長有沒有跟您說過什麼呢？」

「……嗯，沒有特別說過什麼。」

在這三次的應答之中，可以感覺出對方的態度非常強硬，於是真介採用更慎重的口吻說：

「哦，是嗎？其實……我想平山先生您應該已經知道了吧，貴公司的營業部門將大幅縮編。」

真介刻意停頓下來，雙眼直盯著平山。

對方開始有點坐立不安。接著，幾乎是豁出去了，負氣的說：「也就是說，我已經沒什麼利用價值了，是嗎？」

真介慢條斯理的，把平山應該也知道的真相再說了一次：「總之，大幅裁員是不可避免的了，各地區營業所將一一合併。就算勉強留下來，再過五年，薪資給付也會有所改變，最多將減薪三成，而且每年冬、夏兩季的獎金也只剩一個月。」

平山心裡有數，被叫到這裡來的人，就算能僥倖留下來，將來也逃不過減薪的命運。可是以平山家目前的狀況來看，有房貸要繳、還有兩個孩子在念私立大學，這樣的離職條件，無論如何不能接受。

「我個人認為，您也許可以藉這個機會，到外面的世界去接受新的挑戰。您覺得呢？」

真介言下之意就是公司要解雇對方，只不過依照勞基法規定，不能提到「解雇」這兩個字。在日本，指名要對方走路是違法的，所以只好兜個大圈子，引導對方自動離職。緊接著，真介提出了一些優惠條件循循善誘。

「當然，一旦您下了決定，據說公司方面也會盡力而為。除了公司規定的離職金之外，還會額外支付您實際任職年數乘以基本月薪的錢，加上有給休假的津貼給付。此外，如果您需要的話，公司方面還可以協助您二度就業。」

平山的臉上浮現一種難以言喻的表情，他在心裡逐一計算：正常說來，以他在公司二十五年的資歷，大概可以拿到一千多萬的離職金，加上額外的給付，二十五年乘上六十萬是一千五百萬，總共是二千五百萬左右。兩個兒子距離大學畢業還有三年，這當中就算沒有找到其他工作，也還過得去；真的有個什麼差錯，手上還有一間位於世田谷區五十坪的房子。真介調查過周邊的房價，拍賣之後還清貸款，還剩一千多萬。

……這小子，想必早就算到這一步了。而且，就算繼續留在這家公司也混不出什麼名堂，只能領個微薄的死薪水等退休，面子實在掛不住。

他在猶豫。

「怎麼樣？我覺得這個條件還不壞。您是否願意藉這個機會，跨出這一步挑戰全新的自我呢？」

這種噁心的臺詞，有時候連自己都覺得受不了。

平山總算開口了。「可是，為什麼是我？」他嘀咕著，好像一股無名火又冒了上來，突然越說越急。「我在這家公司已經二十五年了，最起碼在前二十年裡，一直都是朝著為公司鞠躬盡瘁的目標努力工作。我的業績表現也一樣，年輕的時候從來不曾輸過別人。至少，我是這麼認為的。即使後來當上主管，對總公司交代下來的任務也都全力以赴。」

他因為太過激動，說話越來越不客氣，口沫橫飛。

「最近這幾年，或許我的業績有些不盡人意，可是仍然為了幫公司多賺點錢在拚命，甚至犧牲和家人相處的時間，跟客戶鞠躬哈腰，不知看了多少臉色。」他聽了自己所說的話，變得更加生氣。想必是很容易自我陶醉的那種人。「但是到頭來，卻想一腳把我踢開，這不是太過分了嗎？你說是不是？」

一吐心中怨氣之後，用挑釁的眼光看著真介。真介知道，這個男人的態度開始有所轉變了。照這樣看來——

「而且，你說的是自願離職吧？」

「基本上，是的。」

「那麼，我完全沒有打算離職。」

「可是，平山先生您現在的職位，將來可能會廢除喔。」

「那是公司決定的，不是我決定的。」

果然！在剛才說那番話的過程裡，不知什麼時候下定了決心，要和這家公司對抗到底。

真介用對方可以察覺到的音量，輕輕嘆了一口氣，接著攤開資料夾第三頁以後的部分。

「這裡，有我們公司自行調查的資料，是有關平山先生您的。」

平山眼睛一瞟，視線落在真介的手邊。

「根據調查，您三十四歲升任津田沼支店的支店長，之後的十四年裡曾經擔任過四、五家支店或營業所的主管，是嗎？」

「那又怎樣？」

真介不發一語取出第四張資料，遞給平山。對方也沉默的接過去，拿在手上。

「這上面的數據，是各支店員工的平均離職率。例如：最上面這位田中先生擔任主管以來，部屬的平均離職率是百分之五點七，算是相當低。再看看左邊這一欄的項目分布圖，離職的大多是二十五、六歲的女性員工，想必是婚後辭職者居多吧。」

「……」

「可是平山先生，很抱歉，我必須指出，您的數值是這二十多位業務主管之中最高的，高達百分之二十一點二，在這分表格敬陪末座。而且依照項目分布圖顯示，其中有七成以上是二十出頭的男性員工，以公司的立場而言，這群人正是薪水不高卻衝勁十足的高報酬人才；至於其他女性員工，因為個人因素而自動離職的情況也挺值得觀察。再者，不知為何，她們的職務幾乎都是支店的會計或總務。我說這些話的意思，您應該了解吧？」

平山眉頭深鎖，臉上表情僵硬，什麼話也沒說。真介自顧自的接著說：「即使現在的狀況不像過去泡沫經濟時代那樣嚴苛，公司雇用這些剛畢業的優秀人才還是必須付出相當大的成本：召募人才的人事開銷、交通費、說明會、職前訓練、在職訓練等等，以十四年來計算，在一名員工身上要花掉四百萬左右。所以，平山先生您過去手下的員工，扣除婚後辭職者之外，還有將近三十名年輕人離職。單單這點，就讓公司損失了一億兩千萬。」

平山一聽，連忙提出抗議：「話不是這樣說吧。我一向以提升公司的利益為第一優先，為了達成這個目標，或許對他們嚴厲了點也說不定，可是我這麼做完全都是為了公司啊。」

「結果，卻平白讓公司損失了一億兩千萬。是嗎？」

平山啞口無言。真介見機不可失，窮追猛打。

「很抱歉，我向您過去的部屬做過調查了。依照他們的說法，平山先生您對下屬要求的營業目標，通常是總公司指示的一點三倍。而且，以現在的川口支店來說，有三成以上的業績您是以

『陪同前往』的名義向總公司提報。這是兩年前由您手下離職的員工所說的。」

「……」

「自己一個人拚命達成的業績，卻被上司用子虛烏有的藉口強取豪奪，向總公司謊報。不管是誰，都會幹不下去吧。」

「可是，實際上我是有提供他們一些建議啊。」平山還不死心，拚命為自己辯護。「如果是因此而談成的案子，也應該算我一分。」

「我們看下一分資料。」真介根本不理會他的辯解，視線落在另一張資料上。接著，把它遞給平山。

「這是每一家支店主管的交際費支出明細。將各主管負責的每家支店全部的費用平均之後，一年大概是一千一百萬左右，可是您卻花了一千六百萬……怎麼看都是花費過多。要再跟您說聲抱歉的是，我到貴公司財務部調閱過您所有的收據了。我真是嚇了一跳。松戶、甲府、靜岡，不管在哪裡，您到了週末都一定會去某幾家特定的酒館，例如松戶的新世界俱樂部、甲府的SHINOBU、靜岡的銀馬車，或是在城市飯店吃晚餐。曾任職於某家支店的會計小姐說，她回想當時，對自己的工作實在是厭惡到極點，因為支店常處於缺錢的狀態，甚至連買個咖啡都有困難，卻仍然不得不處理支店長在外的開銷。如果真有這些錢去喝酒，不要說咖啡，連冷氣的濾網都可以換個新的了。」

「……」

「再來談談城市飯店的晚餐費用。您負責甲府營業所時，總務課曾有一位二十三歲的女職員，因為個人因素而離職……」

「不要再說了。」平山突然喃喃說道：「你……不要再說下去了。」

平山低下頭，真介一直緊緊盯著他。

這個男人，公司賦予重任讓他負責支店或營業所的營運，他卻每個星期都利用公款，給酒吧的媽媽桑捧場；還把剛進公司、什麼都不懂的女職員騙上床，搞大了肚子，甚至連上賓館、吃飯的錢都要公司買單。

後來，這個女職員拿掉孩子，辭去工作。

這個傳聞當時在他轄內的部屬都知道。就像水果裝箱一樣，如果把一顆爛掉的蘋果放在最上面，下面的蘋果也會全部爛掉。因此，有些人開始對這分工作失去衝勁，紛紛以個人因素為由離開了。

真介瞄了一眼川田美代子，她正看著垂頭喪氣的平山，依然是一副事不關己的表情，眼神裡頭找不到一絲厭惡或輕視，讓人完全無法得知她到底在想些什麼。

真介將視線移回平山身上。

「怎麼樣呢？就如同剛才跟您提過的，您是否願意藉這個機會，到外面的世界去挑戰全新的自我？」

平山抬起頭。先前反抗挑釁的眼神，現在變得有些茫然無助。這個男人心裡有數，假使要對公司的不當解雇提出告訴，這些不利的證據一旦出現，自己是毫無勝算的。

「可是，就算是這樣……」

「現在決定的話，可以得到額外的離職金、有給休假的津貼給付，以及協助二度就業這三項優惠措施，如何？」

言下之意就是：如果放棄了這個好機會，以後的離職條件只怕會更差囉。

平山的臉突然開始扭曲糾結。眼前這個中年男子，彷彿隨時都有可能哭出來。幹了二十五年的業務，如果有必要的話，要他哭倒在地或跪地求饒恐怕都不是什麼難事吧。

再度將視線移向川田美代子，她還是那樣，像個木頭美人似的靜靜坐在一旁。真介這麼做的目的是為了在這個關鍵時刻加強效果。果然，平山似乎因而注意到她的存在，臉上的表情產生了微妙的變化，就像剛喝下一杯醋一樣扭曲著。

「是嗎……我了解了。」

對於這個場面，真介竟也感覺到一些異樣的不堪。

男人真是可悲啊，尤其像這種毫不掩飾、大肆誇耀自己男子氣概的人，更是如此。當他們發現附近有位美女正面無表情的注意自己的一舉一動，所謂的男子漢自尊及虛榮心就開始作祟，不願暴露自己懦弱難堪的一面，真心話只好往肚裡吞。

真介對著平山大大的點了點頭。「那麼，接下來就大略說明一些有關離職的手續供您參考。雖然最終的決定您可以再詳加斟酌，不過，現在先聽聽無妨吧。」

他稍稍遲疑了一下，結果還是點頭了。「……我明白了。」

搞定了。

任何事都有所謂的關鍵時刻。在最重要的一刻，這個男人如果被愚蠢的自尊牽著鼻子走，日後十之八九還是不得不選擇離職吧。不過，在對家人說明這件事的時候，一定又會後悔得要命。

十五分鐘之後，這名中年男子虛脫無力的出了房門。

稍微嘆了口氣，瞄一下牆上的鐘：下午四點五分，今天的工作全部結束了。

再次鬆開領帶，整理桌上的資料夾。「來，給妳。」

川田接過資料，緩緩的開了口：「村上先生，您……要喝杯咖啡或是什麼嗎？」

真介搖搖頭。這房間的角落放了一套招待客人用的咖啡杯和茶具。

「那些可以收起來了。」

「哦，好的。」

川田單手提著熱水瓶，腳步緩慢的走出房間，關上門。

真介突然鬆懈了下來，整個人靠著椅背，兩腿伸直攤在地板上。他覺得好累。

他媽的。有一股衝動，想把所有的東西都給砸了。

他心裡明白，像那樣的下三濫，要他走路是理所當然的。可是，長久以來對他的種種作為視若無睹的這家建材公司，以及聽從命令找足理由勸他離職的自己……混帳東西！我到底在做什麼，真是夠了。

好幾次想辭掉這分工作。不過，自己不知被這工作的哪一部分深深吸引了，竟然無法自拔。

偶爾會想，這工作有什麼好呢？

想不通。

2

最近這一個星期，公司的同事們個個顯得有點浮躁。

這也難怪，陽子心裡想，因為個人面談終於開始了。

那些人差不多是一個多月前派來的，是一家叫做「炒魷魚株式會社」的公司，專門負責炒人魷魚。公司名字聽起來怪怪的，員工看起來也怪怪的。

我們公司的人事部門也真是的，要裁員何必委託外人，自己處理不就好了，為了怕日後麻煩，還特別外包給別家公司。所謂的麻煩，就是那些被指名解雇的員工一旦提出告訴，公司名譽會因此受損，或是不小心裁到那些董事大老們的心腹，惹得他們不高興，甚至導致全體員工對人事部門的不滿……之類的吧。真是沒出息，沒膽量。

說穿了，當公司提供裁員名單給這家炒魷魚株式會社的時候，就已經算是違法了。

只不過話說回來，如果硬要說陽子一點都不緊張，實在是騙人。

每天早上化妝時，都得對著鏡子看。雖然自知絕不是個醜女人，可是，鏡子裡那個四十一歲的自己，開始有了明顯的魚尾紋，嘴角下垂，兩頰也凹陷了。

十年前離了婚，前夫曾經是公司同事，但早就辭職回鄉繼承家業。那男人家裡是木材批發商，自江戶時代寬永年間（一六二四年左右）傳承至今已經十五代，相當有來頭。他進這家公司是為了建立人脈，其實老早就打算回和歌山鄉下的老家了。

「妳啊，真是可惜囉。好不容易嫁入豪門，卻這樣就放棄了。」難得碰面的學生時代的好友，故意這麼譏笑她。

我可是一點也不後悔，像那樣的男人，跟他離婚是正確的。結婚之後無視於我的存在，淨跟一些沒大腦的女人交往，一個接一個，四處留情。整天遊手好閒，流連於酒店。因為一開始就打算要辭職，所以對工作和周遭的批評一點也不在意。

他唯一可取的，就只有對女人認真的程度。這個混帳傢伙。

為什麼會嫁給這個紈袴子弟？結婚兩、三年後，越想越不對勁。所以，當對方希望她一起回紀州老家時，陽子便主動提出離婚的要求。

從此，他們就失去聯絡。

目前，陽子隸屬於營業企畫推廣部，主要負責和往來的企業簽定合約。職位是代理課長。

大約三天前，課長也被那些傢伙叫了出去，一個鐘頭後垂頭喪氣的回來。「大致上決定了。」課長在嘴裡嘟囔：「接下來，差不多一個月後就得遞辭呈。」

她突然感到不安。這位課長五十歲，已婚、有小孩，工作表現雖稱不上優異，卻絕不是無能的那種。對於人力的整合及調度很有一套，能精準的達成任務，很適合管理營業企畫推廣部。

那麼，我這個四十一歲，和同事有過一段婚姻的小小代理課長會有什麼下場？更何況，自己和他人的配合度並不算高。

越想心裡越慌，偷偷在家上網查詢炒魷魚株式會社的資料。結果讓她大吃一驚，眼珠子都快掉下來——雖然是一家只有一千五百萬元資本、員工不滿十五人的超小型企業，但過去承接的客戶都是全日本第一流的大企業，例如豐發汽車、香嶋建設、鷹島屋、真潮社等等。不論是製造業、流通業、建設公司、出版社，都是業界首屈一指的。像我們這種好不容易擠入東京證券二部上櫃、名不見經傳的小公司根本排不上。這些傢伙，想必在裁員方面特別有一套，算是炒人魷魚的職業集團吧。哪天要是輪到我被他們叫去面談，恐怕三兩下就完蛋了。感覺實在很不好。

果不其然，昨天人事部門來了通知。

就像被打入第十八層地獄一樣的進了人事部長室，部長刻意避開陽子的目光，面有難色的說：「芹澤小姐，不好意思，您明天下午三點之後是否方便空出一個鐘頭的時間……」

少來這套！你這個人渣。

幾乎忍不住大罵出聲。陽子對這個部長的資歷再清楚不過了，他升任部長之前，曾經負責新進員工的審核及任用。現在這批要被裁撤的員工，當初不都是經過你許可採用的嗎？難道你一點責任都沒有？第一個要負起責任捲鋪蓋走路的人，應該是你才對吧。

但終究還是沒有說出口。

努力嘗試用合宜的態度應答，可是，原本就不服輸的臭脾氣讓她積了一肚子火，到最後實在受不了，等自己發覺時早已脫口而出：「告訴你，在我目前負責的案子完成之前，我說什麼都不會辭職！」

「請、請等一下，芹澤小姐……」

「失陪了。」

痛快淋漓說完之後走出人事部，留下目瞪口呆的部長。快步走過長廊，將怒氣全發洩在鞋跟上，叩、叩的聲音由走道兩旁的牆上反彈回來，聽起來就像是整棟建築物在大合唱：「不要妳了、不要妳了……」

在這公司將近二十年了……好想哭，只是，哭了又能怎樣？我才不是那麼沒用的女人。就算要走，也不會那麼輕易就辭掉……。

目前，陽子正在進行一個企畫案，這案子要花兩年的時間。和各家材料供應商都談過了，如果協調成功的話，隨著購買總額增加，將以降價為名目，由各家公司提供回扣。每增加百分之十的交易量，就多出百分之三的利潤，而且貨款可以延後一個月支付。有些公司對這樣的交易條件遲遲不願答覆，但有將近八成左右的廠商大致上都同意了。

就差臨門一腳，只要再給我一點時間，就能和所有廠商簽定合約書。

在這個業界，目前為止還沒有哪個人有過這樣的構想並成功簽約的。

公司希望我辭職，我走就是了。但絕不是現在。我要完成這項企畫，擁有這分實績之後再離開。以我在簽約過程中所累積的技巧和知識，相信不管到同業哪家公司去，都會受到重用才對。

陽子心裡這麼盤算。

今天，陽子等著要去面談。看了一下手錶，下午兩點五十分，輕輕嘆一口氣，離開座位。早就看破一切了，但是，有關辭職的時間點，恐怕和對方有得談了。

為了安心起見，還是先去一下洗手間吧。

3

「美代，下一個。」真介邊說邊轉過頭去。

「是。」川田美代子回答得很悠哉。她的反應總是慢半拍，動作像烏龜一樣緩慢的把資料遞了過來。今天的指甲油比平常還鮮豔。

忍住心中的苦笑，開口問了之前來不及提出的問題：「結束之後，跟男朋友出去嗎？」

川田美代子不知為何稍微側著頭，想了一下。接著，臉上浮現一抹淡淡的笑。「嗯……是呀。」

真介點點頭。「還剩一個就結束了。」

「是。」

答完話，就回自己座位去。對於其他的事不多問也不囉嗦，總是保有平靜安定的心情。有時候，在這種殺氣騰騰的場合上，她的溫吞悠哉反而令人感到慶幸。有過那麼幾次，突然覺得也許會喜歡上她，甚至想過跟她上床。但每次一想到這裡，就趕緊打消念頭，告訴自己這不過是錯覺罷了。

川田美代子本來就不是真介喜歡的那一型。真介喜歡的是有點好強、說話不留情面、臉部線條分明的女人。如果是潑辣到引人發笑的那種就更合他胃口了。要是約川田去吃飯，想必彼此之間的對話不會有什麼共鳴，一下就膩了吧。

心裡一邊胡思亂想，一邊翻著資料，上面寫著：芹澤陽子。

看了右上角的相片，真介笑了笑。自己剛剛所想像的女人，恐怕就長這個樣子吧。至於她的個人資歷，不必看資料就可以馬上回想起來：出生於東京的府中市。大學畢業，日本經濟開始泡沫化之前不久，進入這家建材公司。前五年做的都是業務工作，之後才進入營業管理部。不管在哪個部門，表現都算不錯。六年前調到現在的營業企畫推廣部擔任小組長，三年前升任代理課長，在工作方面並沒有特別不利於她的傳聞。

這時，想起人事部長所說的內部消息——據說她二十八歲時和公司同事結婚，三十一歲就離婚了。離婚後沒有搬回娘家，一個人回到府中在外租屋。五年前，用二千二百萬的價格買下市區新蓋的公寓，有一房一廳一衛。

光是這些資料，就足以大致描繪出這女人的性格。

某個任職於銀行貸款部的朋友曾經說過，那些中小企業老闆提出的損益表，真實的反映了他們每個人的性格。就是這樣沒錯。

這女人，在買下那間房子的時候，想必已經有所覺悟，並且打定主意一個人孤單到老吧。由於好強，所以離婚後不回娘家，但選擇住在娘家附近。大概是打算當父母年老體衰時能有所照應，還是近一點方便。

總之，不禁對這個四十多歲的女人產生了一點好感。

接著，想起了人事部長發的牢騷：「其實，我們並不想讓芹澤小姐辭職。可是不管怎樣，各部門都有所謂的配額。營業部門預計裁撤一百七十名員工，所以營業企畫推廣部總不能只裁掉課長一個人吧。更何況，將來各單位都要進行合併，恐怕找不到一個適當的職位可以給她。因此，打算藉這個機會來一番汰舊換新……」

聽到「唰」的一聲，轉過頭去。川田美代子把自己桌上的面紙盒對準桌角重新放好。偶爾有些女職員在面談時會忍不住哭起來，面紙到時候就可以派上用場。

不過，這女人應該不需要吧。

她是那種絕不在人前哭泣的類型。就算要哭也會等到事後，偷偷躲在廁所或是某個角落含恨落淚。這和年紀無關，這類型的女人本來就是不管到了幾歲，都比那些遊手好閒的男人好勝一百萬倍。

敲門聲響起。看了一下時間，剛好三點整。非常守時。

「請進。」

4

聽見對方的回答，她一邊開門一邊小聲的說：「打擾了。」

走進房間一會兒，陽子才抬起頭來。

一看之下就愣住了。

桌子後方坐著一個纖瘦的男人，穿著一套合身的黑色西裝，很年輕。西裝裡面是一件淡藍色的棉質襯衫，配上一條黃、黑色細格子紋的領帶。短髮稍微染過色，每根頭髮都聳立著，是現在流行的樣子。他身後的陽光讓瘦削的下巴線條清楚浮現。這個男人比自己還要年輕許多，大約三十歲左右吧。樣貌……該怎麼說呢……就像早就過氣的偶像藝人傑尼斯小子之類的，只是年紀大了一些。雖然算是個美男子，但乍看之下，整體給人一種輕浮的感覺。

此外，這男人的旁邊，還坐著一個看來像助理的女人，似乎比他更年輕。穿著一套刺眼的紫色套裝，和這樸素單調的第二會議室形成強烈對比。由桌子下方可以窺見，她的右腳踝戴了腳鍊，一看就知道是那種和事業沾不上邊、沒啥大腦的花瓶。

她覺得頭好暈。這裡到底是歌舞伎町的牛郎店，還是池袋的酒家？

實在太難堪了，忍不住咬住下唇。昭和三十八年出生的我，竟然要讓被這些人炒魷魚？

「您是芹澤小姐吧。不好意思，讓您在百忙之中抽空過來。」男子半彎著腰，很客氣的用手勢招呼她坐下。「我是村上，今天由我負責為您說明，請坐。」

對方好像還懂點禮貌。稍微放心了一點，順從指示坐了下來。

「您要喝杯咖啡或是什麼嗎？」

意料之外的詢問，讓她匆忙而含混不清的回答：「……哦，不用了。」

「是嗎？」叫作村上的這個年輕人點了點頭，然後一直盯著陽子看。「那麼，我們就直接進入今天的主題。」緊接著翻開資料夾。「今天，是部長要您過來的吧？」

「是的，沒錯。」越來越緊張了。

「部長是否已經跟您說過些什麼了？」

「詳細內容還沒聽說，不過，我心裡大概有個底。」陽子開門見山不客氣的說。令人討厭的話題，更是要速戰速決。「目前公司的狀況，我多多少少知道一點。」

這年輕人「哦」的一聲，表示明白。「所以呢？」

你明知道，還故意裝傻……真讓人火大。

「所以，不管哪個部門都打算大幅刪減一些員工。」

「原來如此……確實是如您所說的沒錯。」村上點頭。「所以芹澤小姐，您現在的部門也將大幅度縮編，再過不久，就要和管理部合併。」

她著實嚇了一跳。這是頭一次聽說自己的部門要被裁撤，還來不及想就馬上問：「你是說，我現在的職位以後將不存在？」

村上再度沉重的點了頭。

一瞬間，覺得小腹發熱，接著又涼到了極點。「是嗎……」自己的聲音因為憤怒而發抖。

「也就是說，這個公司裡，再也沒有我的容身之處了。」

村上稍微側著頭，沉默了一會兒。不久，又開口說：「實在是有些難以啟齒，不過，我認為您也許可以藉這個機會，到外面的世界去嘗試另一種新的可能性。」

聽了這個膚淺的說詞，幾乎忍不住要笑出來……其實是悲哀得想哭，我這個單身的四十一歲老女人，還會有什麼新的可能性？

坐在村上身邊的那個芭比娃娃，依然沉默的看著地板。這女人到底在這兒做什麼？真礙眼。她和我不一樣，有很多選擇，可以想做什麼就做什麼、擁有很多朋友，年輕到可以肆無忌憚的大笑、和喜歡的男人共度春宵，父母親還年輕健壯，說也說不完的這些我也曾經擁有過，只是不知何時竟都漸漸離我遠去了。

不過，我不會輸的。

「我知道你想說什麼。」陽子說：「可是我手上還有一個案子尚未結束，是為了公司，也為我自己。在還沒完成這項工作之前，我絕不會考慮辭職。至少還需要半年的時間吧。」

村上這時大大的點頭，而且煞有介事的說：「我明白了。」

你這個輕浮狡猾的傢伙……。忍不住脫口而出：「你明白什麼？」

突然，陽子覺得對方看來有點畏怯。

「當然是……就算要辭職的話，也要半年之後……不是嗎？」村上一本正經的回答：「以我的立場並不能給您任何答覆，但是可以幫您轉達人事部門。我會特別記載在備註欄內，之後就看如何交涉了。我想，至少我有能力為您做到這些吧。」

……同一陣線？

那一瞬間有這樣的感覺。但是馬上又發覺自己太愚蠢，竟然這麼容易相信對方。別傻了，我是他們交易成立的目標，千萬不能忘記。

對，沒錯，這是他們的手段。乍看之下，好像和我站在同一陣線，實際上卻想盡辦法、分毫不差的完成公司指派的命令，以獲得報酬。根本就是披著羊皮的狼，這些騙死人不償命的傢伙，真該遭人唾棄。

他們說的話，怎麼能信。

「那就麻煩你了。」陽子冷冷的說。

剩下的三十分鐘，都在說明一些有關離職的詳細內容，例如額外的離職金、有給休假的津貼給付、協助二度就業等等。陽子並沒有認真聽。

現在這個案子如果成功的話，應該會有其他公司雇用我吧。

所以，根本有一半以上的內容是左耳進右耳出。

終於解說完畢。陽子打算離開時，村上站起來說：「希望能有機會為您效勞，」從懷裡掏出一張名片，「今天為您說明的事項，若是日後有任何問題，請別客氣，隨時歡迎您來電。」

名片上寫著：村上真介。

拿了名片，走出房間，慢慢走回辦公室。

一直都沒聽說……營業企畫推廣部要被合併了……這麼重要的事，竟然到現在才從一個毫不相干的外人口中得知。

我不甘心。這教人情何以堪？
眼眶的淚水幾乎潰堤。嗯，為了安心起見，回座位之前，再去一次洗手間吧。

5

從第一次面談開始到現在，已經過了兩個星期。

這個週末，被派到森松 House 建材公司的真介和他的同事們，將結束二百五十名離職候補人選的面談工作。其中，給予一個月緩衝期，接受勸退條件的有一百一十名左右；接受延長任職期限為半年，期間薪資由離職金扣除，並同時可再求職的大約九十名；尚在交涉中的有三十名；剩下的二十多名，則堅持不願離職。

第一階段的結果就是這樣。

森松 House 的原定目標是二百名，以目前的成果來看，已經算是有過之而無不及。至於交涉中及堅持不願離職的員工，從現在開始將每隔三天就進行一次密集訪談，採用緊迫盯人的方式直到對方屈服為止。最終結果相信至少可以達到二百三、四十名左右。

其中，真介負責的部分有三人正在交涉，有一人不願離職。其他同事的成績也都還不錯，到下個星期大概可以全部告一段落。只不過，那個芹澤陽子的檔案，已經從真介手上轉回人事部了。據說是因為這次的裁員計畫進行得很順利，所以有人提案，由交涉中和不願離職的員工當中留下一些優秀人才也無妨。

真介對於這樣的決定覺得不可思議，實在太亂來了。

不只是森松 House 這家公司如此，其他公司也一樣。一群號稱高階主管的廢物，開會做出模稜兩可的決定，又朝令夕改，不負責任。員工只能像棋子一樣任由他們擺布。

真介現在來到新宿的酒館「桔梗」。

他和這次共同負責森松House的同事們，聚在酒館後方的長桌喝酒。餐會的目的，除了慰勞大家第一階段面談的辛苦之外，也順便聽取工作簡報。老闆坐在最後面，左右兩旁的同事已經喝得滿臉通紅，不時露齒大笑。大家的興致都很高昂，因為第一階段的面談圓滿成功，讓他們一下子輕鬆不少，連話都多了起來。

「什麼『自從我進了公司以來，每天鞠躬盡瘁為公司粉身碎骨，比任何人早到晚歸』，這些人真是大言不慚啊。」有人口齒不清的說。

「是啊，是啊，我面談的這個也一樣，『這二十年來每天花三個小時通勤，比部長還晚下班，我所有的努力都被當作什麼？』這些根本就和業績毫不相干嘛。」有人一臉苦笑回應著。

真介也淡淡的笑了，這種心情他可以理解。越是不能區分「工作」和「上班」之間有何不同的人，越容易成為裁員的對象。個人究竟能為公司創造多少利潤？以一個業務員來說，大概做夢也沒想過，自己所販賣的商品售價和成本之間的毛利差額，還必須扣除個人薪水、退休準備金、公司硬體設施管理維修費用、交際費、交通費之後，才是真正的純利。

公司是一個營利事業，在如此不景氣的時期，無法考慮到這些現實面的人，終究是要被淘汰的。真要說的話，那些連提供給客戶的香菸、糖果都自己掏腰包的保險業務員，還算比較有自知之明。

突然有人抓著他的肩膀。

一回頭，才發現原來坐在最後面的老闆，不知何時已站在身旁。兩邊的鬢角雖然混雜了一些白髮，但臉部表情充滿朝氣，兩頰毫無下垂的跡象。他那玉樹臨風的站姿，一點也看不出已經四十七歲。

他是高橋榮一郎。大約十年前創立了這家公司。

「在發什麼呆？」說完嘴角微微上揚，「你到吧臺來一下。」

不等真介回答，他那清瘦的背影，已經快步的往吧臺走去。想必是因為瘦的關係，幾乎感受不到地心引力的影響。高橋不假他人之手，自己前來召喚真介，儘管是只有十五名員工的小公司，作風卻不像一般老闆。

同事們還在你一言我一語，熱烈討論面談時發生的事。其中有幾人朝真介這裡瞄了一眼，馬上又回頭七嘴八舌起來。大家都很清楚，這家公司的老闆，絕不會在當事者不在場時把他們的事情拿出來討論，不管是褒是貶都一樣。所以，對他們兩人的舉動一點也不在意。

真介起身朝門口附近的吧臺走。

「這次，你表現得很好。」邊說邊從胸前掏出一個信封袋。「你的成績最優秀，拿去買菸吧。」

收下那個信封袋，是一包錢。以前也拿過，差不多有三、五萬吧。

「謝謝。」輕輕點頭致意，把它放進胸前口袋。

「你最近狀況很不錯。這一年來，你似乎已經完全上軌道了。」

「是。」

「是不是抓到什麼訣竅了?」

想了一下,想不出個所以然。「……好像沒有。」

「真乏味。」高橋笑著說:「好歹也說個充分的理由,讓我高興一下吧。」

又想了一下。「一定要說的話,大概是隨時提醒自己,盡力做好理所當然應該要做的事。」

「你的意思是?」

「好比說,針對某人蒐集了一些相關的資料A之後,從A會衍生出一些線索,這個時候千萬不能想說有了資料A就足以應付工作需要了,絕不能輕易放棄。只要繼續保有好奇心,就能由資料A得到資料B,進一步多方面了解對方。當面談遇上一些瓶頸時,就有多一點的資料可以幫助說服對方。只不過,事前要花很多工夫就是了。」

高橋又笑了。「回答得很好。」沒有再多說什麼。

在真介的印象裡,老闆總是笑容滿面。反過來說,雖然已經認識五年了,卻還搞不清楚他心中到底在想什麼。

真介第一次見到高橋,是在二十八歲那年。那個時候,他們一個是面談官,一個是要被炒魷魚的對象。

真介當時在一家頗具規模的廣告公司上班。大學畢業之後,曾經因為一些個人因素晃蕩了好一陣子,直到二十五歲才進入那家公司,負責廣告業務工作。

進去才三個月,就開始覺得有點膩了。完全是一家業績掛帥的公司,沒有一個客戶是因為這家公司的廣告水準高才來的。

為了業績，每天對客戶低聲下氣、鞠躬哈腰，日以繼夜開發新客源，他們才不管你有沒有提什麼企畫案。總之，是個相當耗費體力的工作，像個乞丐一樣，到處乞求客戶給業績。

不像話，真的太不像話了。

當時真介這麼認為。可是他並沒有馬上辭職，其實，這和他當了一陣子無業遊民有關，因為他想在東京多待些時間。

於是，他想了一個對策——只要不叫我走路就好了，反正在這種公司也搞不出什麼名堂。有時候，他們的頂頭上司會大發雷霆：「你們這些傢伙，憑你們這副德行也想在公司生存下去嗎？」那個男人差不多四十歲，臉色很難看，老是看到他在吃胃藥。每次真介都在心裡竊笑：「難不成，你希望我們變成你這樣嗎？」

首先，真介查明公司過去五年來的營業額和毛利，再除以營業員總人數，就可以知道一個人平均分攤的毛利有多少。由這個毛利的平均值，扣除所有和自己相關的花費，結果還算差強人意。所以，他的工作目標就是超出那個平均值。

反過來說，他也就只做那麼多。

我只要為公司帶來相當的利潤就行了，這樣就絕不會被炒魷魚。

每一季，只要營業額和毛利超出自己設定的目標之後，不管上司怎樣緊迫盯人，他都不為所動。說什麼出去拜訪客戶，其實全都是幌子。出了公司大門，常常中午就開始喝點小酒，下午就帶女人到池袋或鶯谷的汽車旅館休息，然後再一副什麼事也沒有的樣子回公司。說他是公司裡最混的營業員，一點也不過分。

只是，這種好日子也撐沒多久。

經濟不景氣的時候，最先遭殃的就是廣告業。不論哪家公司都一樣，一旦不賺錢，就開始刪減廣告宣傳費。

於是，真介二十八歲那年，公司裡謠傳將會大幅度裁員。幾個月後，不知哪裡冒出來一家「炒魷魚株式會社」，開始進駐公司逐一面談。當時那家公司的員工才不過七個人，很湊巧，負責與真介面談的就是老闆高橋。

到現在，還清楚記得他們之間的對話。

高橋說：「你認為，今天為什麼會請你過來呢？」

「我不知道。」真介一臉茫然。真的不明白，實在是意料之外。

雖然曾經想過，這種公司不幹也罷。可是像這樣莫名其妙被炒魷魚，又是另外一回事。

接著，高橋的臉上浮現出一種若有似無的笑，好像只有眼尾稍稍瞇了一下那種淡淡的笑。然後什麼也沒說，就只是靜靜盯著真介看。

也許是年齡上的差距，或是職場上的歷練不同，真介終於受不了對方的沉默，把不該說的話都說出來了：「你把公司的營業額和毛利除以營業員總人數，平均分攤就知道啊。再把我個人的薪水和所有公事上的支出比較看看，我絕對沒有讓公司賠錢。這一點你應該明白才對。」

結果對方竟然還是一樣淡淡的笑了一下，不做任何表示。真介覺得自己似乎被對方玩弄於股掌之間，心裡很不舒服。想要再繼續說下去時，突然……

「確實如你所說。」高橋開口了。

「這裡有一分資料你看看。」接著把資料遞給真介。「這是由每個營業員為公司帶來的毛利，扣除他們的薪水、業務支出之後的盈餘。」

「……」

「村上先生，你的營業額非常有意思。這三年來，不管是哪一季，你的收支都差不多剛好平衡。算起來，公司方面只有一點微薄的利潤。在公司所有營業員之中，除了你以外沒有人是這樣的結果。讓人不禁覺得你是經過預謀的。」

真介終於確定了。這個人完全看穿了我的詭計。而且就像是看動物園的猴子耍猴戲一樣，一邊看一邊對我的卑微伎倆嗤之以鼻。

想到這裡，一肚子火——少來了，你這傢伙，你知道什麼……

正要開口時，高橋又搶先一步：「當公司賺錢的時候，這麼做是無所謂。可是，當貴公司業績越來越差時，你不覺得自己這樣做太過分了嗎？」

「……」

「目前每個營業員光是做到收支平衡，並不足以解決貴公司的問題，如果大家不再加把勁，就無法讓公司回復到當初的狀態。處於這樣的危機之中，有人卻只肯做到收支平衡，如此的工作態度，日後對他人的影響可想而知。這比那些達不到業績的人還要糟糕。」

說到這裡，又瞧了真介一眼。「村上先生，你覺得呢？」

真介啞口無言。

幾天後，他在自願離職書上蓋了章。他不後悔，也沒有遺憾。更不可思議的是，他對那個叫高橋的，一點也不怨恨。他只不過是對我這個不良員工做了適當的處分罷了……想到這裡，竟然覺得有點可笑，自顧自的笑了起來。

辭去工作，正在考慮接下來該怎麼辦的時候，秋天即將結束。

某天，收到一封信。拆開來看，嚇了一大跳。

裡面裝的是炒魷魚株式會社的公司簡介，還有面試通知。寄件人是董事長，高橋榮一郎。

猶豫了很久，還是在指定面試那天，往新宿出發，辦公室在南出口的M大樓十七樓。向接待櫃臺說明來意之後，馬上被帶進董事長室。

「為什麼？」真介問：「像我這種被炒魷魚的人，為什麼還要找我來你的公司面試？」

高橋笑著回答：「像你這種胡鬧的想法，對其他公司也許是負面的，但對我們公司來說，只要用對地方，卻可能有意想不到的效果。不過只限於投機取巧這方面吧。」

從那之後就一直共事到現在。

而現在，老闆就在他旁邊。

「以後也要像這樣好好努力才行。」輕輕拍了真介的手，又回到桌子後方的座位。

餐會在晚上十一點多才結束。

真介在新宿站搭中央線。週末的末班車裡，四周都是一些酒氣沖天、喧譁笑鬧的中年歐吉桑。列車在中野站停了一會，又開始慢慢加速朝八王子方向前進。速度越來越快，斜前方的高圓寺北出口圓環漸漸靠近。不過，中央線特快車不停靠這個站。列車呼嘯而去，經過月臺時稍稍晃動了一下。透過月臺欄杆的縫隙，可以看到北出口圓環上的霓虹燈在眼前一閃而過。

真介輕輕嘆了口氣。

看到這個畫面，偶爾會想起以前的事，雖然差不多快忘記了，但是像今天這種回顧過往的夜裡，一到高圓寺站，便又勾起了他的回憶。

五年前要辭去廣告公司工作時，真介特別拜訪了曾經合作過的客戶，感謝他們長久以來的支持。那時候，也來到高圓寺站北出口附近一家私人經營的舶來品店。他們專門販賣芳香療法、香草精油一系列商品，也就是舒緩、減壓相關物品的專門店，店內通常有兩名店員在招呼客人。真介打從進廣告公司那年開始，就一直和這家店的負責人有業務上的往來。

負責人是一位四十多歲、個子嬌小的女性。她俐落的短髮非常適合那小巧的頭型，臉部線條清晰細緻，有一種說不出的魅力。當然，如果光憑第一印象，什麼事也不會發生。只不過覺得以那個年紀的女性來說，像她這樣清新脫俗的並不多見。

半年、一年過去了，隨著時間的流逝，差不多二年之後竟開始深深被她吸引。開朗樂觀的性格，讓她在說話時有一種獨特的節奏感；她和周遭人事物合宜協調的態度，還有腳踏實地、通情達理的想法都很吸引人。她一笑起來，原本輪廓分明的下巴，就變得圓潤柔和。

兩人的年齡差距很大，但不知何時開始，就只把她當成一個女人來看待了。

「難不成，我有戀母情結？」也曾經問過自己好多遍，最後終於明白——不，不是，應該不是，和年齡無關，我只是很單純的喜歡她而已。

他並沒有說出口，就這麼又過了一年。

告訴對方，自己將要離職，她顯得有些疑惑。

「工作找到了嗎?」她問。真介搖搖頭。

要離開時，她拿出一個信封袋，小聲的說：「這麼做也許有些失禮，不過我希望你能收下。」

是一包錢。

回到家，打開來看，是五張全新的萬元大鈔。他不禁笑了起來，這麼貴重的禮，哪裡還會失禮。

後來知道，她結過一次婚，目前是單身。

決定到現在這家公司上班後一個星期左右，真介去找她。站在店門口的時候，突然心跳加速……萬一被拒絕了怎麼辦?他緊張到快要尿失禁。

好不容易鼓起勇氣，邀她下次一起出去吃飯。

她爽快的笑著回答：「如果是要回報當初送你的那分禮，就不用了，別那麼客氣。」

「不，我不是那個意思……」真介急了起來，終於脫口說出真心話：「我是說……請妳給我一次機會，和我交往看看。」

她滿臉錯愕，整個人像是呆住了，無法相信自己所聽到的。真介仍不願放棄繼續說：「跟我約會吧。」

「……你，這是在捉弄我，跟我開玩笑嗎?」

真介用力搖了搖頭。「不，我是認真的。」

她像是看到稀有動物一樣，直盯著真介好一會，接著低下頭。雖然看不到她臉上的表情，但可以看到耳根子都紅了。

然後，她輕輕嘆口氣，抬起頭來。「你知道這是什麼嗎？」她說著，拿下鼻梁上的無框眼鏡。「光是外表也許看不出來，這是一副老花眼鏡，我今年已經四十九歲了。」

他笑了起來——這個事不用妳說，我早就想過了。於是很自然的回答她：「年齡不是問題吧。」

果然，第一次的邀約她沒有答應。真介不死心，兩次、三次，繼續約她，簡直到了死纏爛打的地步。

通常，當對方完全沒這個意思的時候，會對這樣的行為感到非常困擾。但真介感覺得到，至少她並不討厭他。雖然她每次總是一臉困惑，可是從來不曾出現厭惡的神情。她只是在猶豫，不知該怎麼辦而已。

所以，真介完全不顧對方的反應，天天上門。連自己都覺得實在是太厚臉皮了。

到了第五次，她終於點頭答應。似乎是被真介的執著給打敗的。

他們一起去吃泰國菜，然後再到酒吧小酌。第一次約會就這樣結束。

接著有了第二次、第三次，真介開著一輛中古的本田INTEGRA，帶她到富士山的半山腰、到山梨縣道志村杳無人煙的林間小道、到海邊兜風等可以當天來回的地方。

她對他的稱呼，也從「村上先生」變成「村上」，後來直接就叫「真介」。沒多久，他倆上了床。

大多數的男人，都喜歡開著燈做愛，真介也一樣。但女人往往相反，尤其是剛認識的時候。

所以他們的第一次，讓真介有點尷尬。因為當她發現真介一直不停的偷瞄床頭燈時，不禁噗嗤笑出來，並問：「你很在意？」

她遊刃有餘的態度、大剌剌的問話，讓真介一瞬間感受到這個女人的人生歷練，還有曾經睡過的男人。

漸漸的，他們的關係進入穩定期，甚至是成熟期。

關係越親密，她變得越主動，而且似乎樂在其中。她為真介口交十五、二十分鐘，用舌尖來回舔著會陰到肛門口，直到他滿足為止。真介也報以同樣的熱情。汗水淋漓的身體、濡溼的私處、因為高潮而微微痙攣抽動的腹部。

他們在床上雖然越來越親密，但她的態度有時還是冷淡疏遠，例如在人多的地方，她絕不和真介牽手。說是不喜歡引人注目，覺得旁人異樣的眼光讓她不舒服。這一點，真介非常在意，因此總是故意大老遠的就大聲喊她：「喂！順子。」

不過，和她交往的過程算是愉快。一起聊天、共度的每一刻，氣氛都很和諧安穩。尤其是和她在床上的配合度，讓真介從不曾感到厭煩或是膩了。

真介覺得這個女人很可愛。

很快的，他們交往超過三個月、半年，真介差不多對現在的工作也漸漸進入狀況，於是心中有了決定。

我想要和她永遠在一起。

才打算跟她談談這件事的時候，卻突然完全失去聯絡。匆匆忙忙到她店裡，不過才一個星期沒來，整間店空蕩蕩的，什麼也沒有。再趕到她家，也已經人去樓空。

就這樣，整個人憑空消失，不見蹤影。

回過神來，列車已到三鷹站。因為要轉車，他下到月臺來。忍不住嘆了一口氣。接著，感覺有一股怨恨積在胸口。

自己也知道，她有她的苦衷。不過自從她離奇失蹤以來，真介和其他女人的交往一直不順利，因為他感受不到快樂，他的心缺了一角。

是她讓我受傷。我不會懷念她，我不會原諒她，絕不……。

6

那天晚上，陽子來到新宿站東南出口。

因為他要求在這裡碰面。

三天前，陽子打了電話。自從上次面談以來，已經過了三個星期，課長早就開始準備交接了。可是不管陽子怎麼等，都等不到人事部的通知，讓她坐立難安。

她並不是怕被炒魷魚，但是，在事情沒一個定論之前，她就像一頭待宰的羔羊，情緒備受煎熬。所以她希望能早點知道結果，看看是要離職找新工作或是應該怎樣……總之，她已經做了最壞的打算。

直接去問人事部長當然也可以，只是，這樣做似乎容易讓人誤解，以為自己在哀求他們。而且，搞不好會變成同事之間茶餘飯後的笑柄。她才不要呢。

想來想去，只有拿出名片，打給那個男人。那個炒魷魚株式會社的村上真介，或許知道一些什麼吧。

出乎她意料之外，村上的應答非常親切。但是在辦公室裡，很多事都不太方便問。陽子只好厚著臉皮拜託他，是不是可以在他公司附近找個地方，有些事想請教。

結果村上約她到這裡。

晚上七點五十三分，陽子來到東南出口。雖然春天已經快結束了，可是夜裡仍然有點冷。和村上約的是八點，還有幾分鐘時間。

FLAGS 大樓前有菸灰缸，她走到那裡，點了一根 Parliament。十年前離了婚之後，她才開始學會抽菸。她一邊抽一邊觀察那些和自己一樣在等待的人：穿著白色連帽外套，看起來像學生的女孩；一身套裝，腳踩 Ferragamo 高跟鞋的上班族；綁著橘色頭巾，身穿牛仔上衣，看起來很休閒的男子……。

她笑了一下，掩飾心中莫名的感傷。

他們都是在等著和朋友共度一個愉快的夜晚吧。大概沒有人和我一樣，只是為了急著知道會不會被炒魷魚而站在這裡的吧。

菸抽了一半，看一下手錶，五十七分了。把菸熄掉，拿出口氣芳香劑，是薄荷味。這是開始做業務之後養成的習慣，跟別人見面之前一定先噴一下。

五十九分，他出現了。

FLAGS 大樓前的廣場雖然很多人，但是她一眼就看到他了。那個男人走路的樣子，比她想像的好很多。他的腰桿挺直不會上下晃動，腳尖輕輕向前滑開，動作流暢步履輕盈。現在正爬上階梯往陽子的方向走來。

和之前一樣的那套黑西裝，裡面是一件米黃色襯衫，配上深藍色領帶。嗯，品味還算可以。

對方似乎也馬上發現到陽子。

「啊，妳好。等很久了嗎？」微微點了頭，慢慢走近。和面談時完全不同，現在這個輕鬆的樣子比較符合他的年紀。

陽子提議到 FLAGS 大樓三樓的咖啡廳，但村上搖搖頭。他覺得那裡人太多，而且都是一些三姑六婆嘰嘰喳喳，太吵了。

陽子瞅了他一眼，心裡想，這男人怎麼連這個都知道，大概也是怪人一個，喜歡把美眉的那種……不過，應該對我沒興趣吧。

村上看著陽子說：「如果妳也還沒吃飯的話，我們不妨邊吃邊談好嗎？」笑了笑。「如果芹澤小姐同意的話，我知道這附近有一家餐廳還不錯。」

新宿這一帶她並不熟，而且似乎沒有什麼理由拒絕。

於是陽子點點頭。

村上帶她去的是一家越南餐廳，在 Metro 會館附近。

他站在大樓前面，看著五樓的招牌對陽子說：「像這種異國風味的餐廳，人反而比較少，也比較安靜。」

陽子一邊表示同意一邊想，這傢伙明明知道今天找他的目的是談公事，還帶我來這種地方吃飯，到底心裡打什麼主意。

電梯來到五樓。走進餐館，坐下來，點了一個普通的套餐，感到有些不自在。

去年夏天，和交往了兩年的對象分手。跟前夫一樣是個沒出息的傢伙，簡直一無是處。對他提出分手的時候，一個大男人竟然哭哭啼啼的，讓她倒盡胃口，哭笑不得。最後只有強硬要求他同意，事情才算解決。從那之後，就再也沒跟別的男人單獨出來吃過飯。

還有十四年的房貸要付，不繼續工作不行。之前，身體不太舒服，去醫院做了檢查，結果竟然說是更年期障礙。怎麼會這樣？不過才四十一歲，應該是工作壓力造成的吧。

那又怎樣呢？

像我這樣，過了四十歲還一個人孤單生活的女人多得是；而已經結了婚，卻被丈夫忽視、被孩子輕視、寂寞無奈的家庭主婦也不少。

比較，是永無止境的。到最後，我還是我。但至少希望能勇敢的走下去。

不知道為什麼，村上一直不說今天的重點。在吃前菜的時候就想問了，真讓人焦急。

然而，美味的食物有一股神奇的力量，當酒酣耳熱、味蕾獲得最大滿足的時候，整顆心也隨之放鬆。雖然一再提醒自己，這不過是味覺上的快樂所帶來的假象，還是控制不住自己心情的轉變。連帶的，對這個男人也開始有些好感。

我太傻了，都四十歲了，怎麼還那麼單純？

其實，又何妨呢……。

在公司以外的場合聊過之後，意外發現這個人還算是有為青年。

回過神來，村上正在說之前公司發生過的趣事而哈哈大笑。不知不覺中，彼此的對話方式和態度竟變得像朋友一樣。

「然後呢？你說那個女人後來怎樣了？」

村上揮舞著手上的叉子繼續說：「結果好像在祭壇前面脫得光溜溜，受洗了。然後，也順利拿到那個新興教派所經營的商店的廣告。」說完又咧嘴笑了。「她一邊哭一邊把合同摔在課長桌上，說：『這樣你滿意了吧。如果你把這個廣告搞砸的話，我會殺了你。』」

陽子又笑彎了腰。現實生活真是殘酷啊，她以前也做過業務，所以非常清楚那種為業績犧牲的辛酸。不過，像這樣的狀況還挺好笑的。

「結果呢，那個新興教派好像是拜鯉魚的，可是做出來的廣告不知道怎麼搞的，卻變成鯰魚。害那女生差點抓狂。」

啊哈哈，笑到眼淚都快流出來了，肚子也好痛，實在是太好笑了。好久沒這樣笑過了。

她同時注意到，對方左手的無名指上並沒有戴戒指。原本想開口問，隨即又打消念頭。於是，氣氛突然冷了下來。

問那些做什麼，這才叫多管閒事吧。

主菜上完了。這時，對方終於提到今天的重點，說話的口氣變得比較嚴肅，陽子也挪挪身體，正襟危坐起來。

對方一再叮嚀，這件事不可以讓公司知道。

原來，自己暫時由離職候補名單上除名了。但是，最終結果還要看十天後老闆如何裁示。

「只不過，這是貴公司部長說的。他認為目前還未被裁撤的員工，應該都解除警報了吧。」

原來如此。一邊點頭表示明白，一邊覺得像在做夢，有一種奇妙的感覺。

剛剛兩個人嘻嘻哈哈談笑的情景，像夢境般漸漸模糊。難道那些是我的幻覺嗎?但，不就是這樣嗎……在這種情況下認識的兩個人，能共度一段短暫愉快的時光，也算是意外的收穫了。

買單的時候，雙方為了搶著付錢有點小爭執。村上雖然先掏出了皮夾，但陽子堅持不讓對方付錢，緊握著帳單不肯放。結果陽子贏了。

「今天是為了我的事，才讓您專程跑一趟的。」

不過村上還是一臉不以為然。進了電梯以後，再度向她道謝，表示本來應該由他付錢才對。

「您剛剛說了那麼多有趣的事，我才付這麼一點點錢，根本就不夠呢。」

對方按下一樓的按鈕，露出潔白的牙齒。因為這個笑容，剛才印象中那個有為青年的形象，一瞬間瓦解。

「是嗎？那就讓妳多付一點囉。」

完全沒有防備，對方湊上來緊緊抱住陽子，舌尖伸進她口中。這傢伙……可是完全無法動彈，兩隻手被村上夾在手臂下。察覺到的時候，他已經開始吸吮起來，但一點也不粗暴，很有技巧的利用溼滑的唾液在口中蠕動。他很熟練，是一個高手。

啊……我到底在想些什麼……？突然一股怒氣湧了上來。你這混蛋，你在做什麼。太過分了！

電梯抵達一樓，「叮」的一聲。幾乎是對方一放開，陽子就打了他一巴掌。

「你到底在幹嘛！」電梯外頭有人在等著，陽子自顧自的大聲吼：「把別人當傻瓜也要有點分寸！」

怒氣未減，朝他另一邊的臉又是一巴掌。走出電梯，身旁每個人都眼睛睜得大大的盯著她看。她才管不了那麼多，撥開人群往出口走去。走在大馬路上，氣到發抖，鞋跟「叩！叩！」大聲的響著。經過Metro會館，在武藏通的轉角處，偷偷用餘光瞄了一下後方。沒看到村上。還好，他沒追上來。放慢腳步朝新宿車站方向，一邊走著還是怒氣難消。

這個男人太過分、太低級了。

他想搞一夜情吧。一開始就打算好了，所以才會約我去那種地方吃飯。

陽子最近才知道，這世界上有些人就是喜歡熟女。那傢伙，一定是和年輕小妞玩膩了，想換個口味嘗鮮吧。竟然利用這種談公事的場合……真是太卑鄙無恥了。這個油頭粉面的假好人，變態狂。如果這裡有一個大醬缸的話，一定把他推進去，淹死他。

他媽的……。

來到 FLAGS 大樓旁的階梯，快步走了上去。

奇恥大辱。竟然這樣對我，把我當成什麼了？

7

隔天早上。

睜開眼睛，真介不禁嘆了一口氣。在床上半坐著，整張臉皺了起來。

真是太突然了。而且右臉打得更痛。嘴裡似乎有傷口，正在發炎。

後來自己想了一下，是不是做得太過火了？

算了，管它的。

看看時間，七點十五分。起身往洗臉臺走去，拿牙刷，擠牙膏。已經很久沒有吃早餐的習慣了。

刷牙可以說是真介唯一的樂趣吧。每次總要花上十分鐘，輕輕、慢慢的刷。最後，還要用牙間刷和刷舌苔的工具徹底清潔口腔。

今天早上也一樣。不厭其煩的，連牙齦都刷得乾乾淨淨。

牙刷碰到傷口，有點痛。

又想起昨晚的事。

老實說，自己也沒想到最後會有那樣的舉動。她到底也算是公司的客戶，如果有個差錯，對方提出控告的話，真介還是免不了要倒大楣。

可是從面談那次開始，就對這個叫芹澤的有一種說不出的好感。她當時說：「……可是我手上還有一個案子，是為了公司，也為我自己。在還沒完成這項工作之前，我是不會考慮辭職的。」「……你明白什麼？」

那種充滿頂撞、挑釁的口吻，如果不是對自己的前途已經有相當的覺悟，絕對無法如此灑脫吧。

就是欣賞她這點。

女人就是要有這樣的氣魄，這種大度的胸襟會讓她們發光發亮、充滿魅力。

自己也說不上來，只覺得這類的女人有種獨特的氣質吸引他。通常她們的腦筋都不錯，個性單純、直來直往。同時也因為如此，很容易被男人的甜言蜜語打動。

這種女人正是他的罩門。每次一想到這裡，即使是在工作中都忍不住笑出來。

當然，如果當初沒有接到她的電話，兩人之間的關係大概也不會由點變成線，甚至有後續發展吧。

那天，到底是怎麼了？

記得那天，從車站的東南出口一出來就看到她了。她站在FLAGS大樓前的菸灰缸旁邊，正要弄熄手上的菸。真介本想打招呼，向前走近幾步時，她剛好從皮包裡拿出口氣芳香劑，沒有發現真介站在人群之中，張大嘴就咻咻噴了兩下。

真介微微揚起嘴角。

世界上真的有這種人。無論吃過多少苦，歲月如何流逝，他們依然那麼天真無邪，單純自在。就算他們自己沒有意識到，但打從出生那一刻起，就認定這個世界對自己是全然開放包容的，而且深信不疑。

她就是這樣的女人，而她的魅力就來自於此。

因為顧慮到對方可能會不好意思，所以沒有立刻上前，反而繞了一大圈走到廣場的另一邊。繞過去的同時，改變了心意。原本打算約她去咖啡廳，現在想請她一起吃飯。沒記錯的話，皮夾裡還有一萬六千元左右……一邊在心裡盤算，一邊步上階梯。

吃飯的時候，試著聊了一些搞笑的話題，果然讓她笑得花枝亂顫。話鋒一轉，開始談正事的時候，又馬上變得拘謹起來。真是有趣啊。

搶著買單的時候，她死命抓著帳單不放的樣子，根本就和小孩沒兩樣。

他覺得自己一步步陷了進去，所以才會在電梯裡，情不自禁抱住她強吻。然後被狠狠的甩了兩個耳光。

「你到底在幹嘛！」

「把別人當傻瓜也要有點分寸！」

嗯，還是不打算放棄。

刷完牙的同時，做出了決定：想要跟她更進一步交往。

雖然昨天晚上，兩個單獨的點連成了一條線，可是由於自己太魯莽，讓這條線變得很脆弱，似乎一碰就斷。目前最重要的是，必須花點時間修復這條線。在別的場合和她打照面才是良策，所以只有製造機會和場合才能挽救頹勢。

該怎麼做呢？

邊換上西裝邊想。繫上領帶的同時，靈機一動——也許可行。

嗯，這樣做行得通吧。

看看鏡子裡的自己，滿意的笑著。好久都沒有這樣的好心情了。

8

結果，沒被炒魷魚。人事部前的布告欄上貼著一張離職員工名單，那裡面沒有陽子的名字。如同那男人所說，這是老闆最後的裁示。

那群炒魷魚株式會社派來的傢伙，也由公司撤離了。

但是陽子卻沒有特別感到開心。一方面是因為差點被炒魷魚的那種屈辱，另一方面是因為自己所屬的部門將被合併。當初鐵了心打算離職的時候，過去那種為公司打拚犧牲的熱情就已經完全冷卻了。

所以現在的心情出奇平靜，連自己都覺得不可思議。

沒錯，公司又不是只有一家……目前的第一要務，就是完成手上這個企畫案，在業界累積一些實力，想必還有機會可以開創新的格局。

不過這幾天，陽子有些心神不寧。

還不都是因為那個混帳東西。上星期五，在公司收到一封信，上面工工整整的寫明陽子所屬單位名稱和她的名字，看得出是男人的字體，但並沒有署名寄件人，顯然和業務不相關。滿心疑惑的打開信封，裡面有一封摺好的信和一張票。

是演唱會的入場券，地點在赤坂 ACT 劇院，不過是陽子沒聽過的演唱團體。……到底怎麼回事？

把信打開來，才看了第一行，陽子就趕緊抬頭瞄了一下四周，然後鬆了口氣——還好，沒人看到。在這裡不行，應該到沒人的地方。慌慌張張把信和入場券塞進口袋，走出辦公室，直接往洗手間的方向走去。鎖上門之後才安心的拿出那封信繼續往下看。

您好：

我是村上。上次的事，真是很抱歉。

為了向您賠罪，好不容易買到這場演唱會的票，不知您是否願意賞臉？

如果您不方便前來，這張票就隨您處置，不管是撕掉或賣掉，我都沒有意見。而且我也不會再打擾您。

總之，若是能和您共同欣賞這場難得的演唱會，將是我莫大的榮幸。

最近天氣變化多端，早晚特別寒涼，請多保重。

村上真介敬上

她愣住了。……這是怎麼一回事？這傢伙在搞什麼鬼？

她覺得一肚子火。

臉皮也太厚了吧。這個男人到底知不知道羞恥啊？被我打了兩巴掌，還好意思要和我再見面，把我當成傻瓜嗎？

越想越氣，順手就想把信和入場券撕掉。可悲的是，基於女人的天性，不由自主的看了票價，上面寫著一萬零五百元。

她猶豫了起來。如果只是為了耍我的話，好像犯不著花上二萬一千元買兩張票、自找麻煩吧？

他是認真的嗎？

結果，把信又放回口袋，回到自己的座位。

那天晚上回家之後，考慮了很久，上網查了一下那個樂團的資料。「Nasty Kids」，直接翻譯的話，就是齷齪小子。簡直令人噴飯，這不是在說他自己嗎？難不成，這也在他的算計之中？

眼前又浮現他那油頭粉面的樣子……嗯，很有可能。

根據雅虎上面的資料，這是一個R&B的五人樂團，出過的專輯都由博多的硬底子音樂（Indies Music）公司發行，而且只上過廣播節目。的確是狂熱分子會為之瘋狂的樂團。

順便上網拍查了一下當天的票價。簡直不敢相信自己的眼睛，竟然已經飆到四萬五千元了。

關上電腦，大大嘆了口氣。

這傢伙，果然高招。如果願意的話，當天我會在觀眾席上等妳來；如果不願意的話，那就說再見啦。

原來如此。

經過之前的不愉快之後，用這樣的方式提出邀約，確實很聰明。而且，單單以他費這許多工夫才買到票來看，好像是認真的。

只不過話雖如此，陽子卻又不甘心這麼輕易答應他。要怎麼處理這張票，現在還沒想到，因為她的心情依然搖擺不定。

離演唱會還有整整一個月的那天晚上，陽子跟往常一樣走路回家。從府中車站搭五分鐘公車，下車後再走三分鐘就到她住的地方。

看到了，眼前這棟公寓的一小角，就是我全部的財產。

一走上大門入口前的階梯，她就發現到了玻璃門後站著的人影。那人穿著西裝，個子挺高的，體格很不錯……是誰呢？還在搜尋腦海中的記憶時，突然呆住了。

是他……是他沒錯。

勉強讓自己鎮定下來。打開玻璃門，刻意避開那男人的目光，逕自快步往信箱的方向走去，轉動信箱密碼。她感到背後那人的視線，像一把銳利的刀要將她刺穿。

右三、左五，她的手指在顫抖。打不開。不自覺「嘖」了一聲，再試一次還是不行。他媽的，我到底怎麼搞的。

「妳好嗎？」背後一個爽朗的聲音說。

好吧，我認了。向後轉身。

看到一張緊繃平滑的臉，雖然表情有點嚴肅，但也算是相貌堂堂。還有那晒得黝黑的肌膚，也難怪，差不多有一半的時間都待在室外。這個木材批發商的大少爺，就像從前一樣，露出天真無憂的笑容。

「這裡還真是冷呢。」

「你有什麼事？」陽子單刀直入的問。

「來看看妳啊。」對方不禁苦笑，「好歹也十年不見了，不是嗎？」

確實是十年沒見了，但從不曾懷念過。他過去在外面拈花惹草，讓我受盡委屈，度過一段糟糕的婚姻生活。直到現在這傷口還隱隱作痛，所有的怨氣一股腦的都回來了。

「那又何必呢？我們兩個早已互不相干。」用更加冷漠的口氣說：「你怎麼知道我住這裡？」

「嗯？哦，一個多月前，我有點事，所以去了一趟和歌山營業所。」這大少爺依然一副悠哉的口吻，看來他的神經比以前更大條，而且那種吊兒郎當的態度，讓人看了就火大。「很湊巧遇到以前的同事，我請他幫忙查到的。」

「那也不必專程跑來吧。」

「沒有啦，只不過剛好要出差到東京，就順便過來看看。想知道妳過得好不好而已。」

「我很好。」陽子立刻回答：「你一看就知道吧。好啦，看完趕快回家去，回你那個到處都有野猴子的紀州鄉下去吧。」

「別這麼無情嘛。」說完，把手上提著的紙袋拿給她看。

「這是送給妳的，妳一定會喜歡。」臉上浮現燦爛的笑容，再次把紙袋拿到陽子面前。

「喏，給妳的禮物。跟我聊一下吧。」

忍不住想嘆氣。這傢伙一點都沒變，再怎樣嚴重的事，都打算用笑臉來打發。嘻皮笑臉拐彎抹角，就是非達到目的不可。

只不過，還是不想請他到家裡。「我知道了。這附近有家餐廳，要聊到那裡去聊吧。」

對方笑得嘴都要裂開了。「妳最好了，我的陽子。」
真是令人嘖嘖稱奇，都已經四十三歲了，還這麼輕浮不正經，簡直無可救藥。
仔細想想，這個前夫，還有那個村上……為什麼從以前開始，自己身邊淨是這種吊兒郎當、不正經的男人？
一起走到離家兩分鐘左右的餐廳。坐了好一會兒，淨說些無關緊要的事。
陽子不耐煩的問：「你專程來這裡找我，就是為了說這些無聊的事嗎？」
「哦，是啊。」他若無其事的回答：「不過陽子，妳的工作還順利嗎？」
沒想到他會這樣問，陽子呆住了。「……順利啊。」
「真的嗎？」
「嗯……」
「那就好。」
之後，忽然想到和歌山支店的同事。這傢伙大概聽說了吧……裁員的事。可是，他只知道我被叫去面談，卻不知道我現在沒事了，所以才會跑來見我。
開始認真、仔細的盯著這男人看。
「怎麼了？」難得對方被看得有些不好意思。「我臉上有東西嗎？」
幾乎要感動落淚了，但馬上又恢復理性提醒自己：不行，不能讓他有機可乘，絕對不行。
於是故意反問他：「你先擔心你自己吧。有沒有認真工作啊？結婚沒？孩子生了嗎？」
一聽陽子問到他的事，開心的傻笑起來。「婚是結了，孩子也生了兩個。」很爽快的回答。

「不過，三年後就離婚了。」

「啊？」

「原因是我在外逢場作戲。孩子讓她帶走了。」

又是老毛病。這個傢伙真的是沒救了，是不是應該找精神科醫生檢查看看？

不由自主想起他的父母親，他們是一對非常沉穩、給人好感的雙親。老老實實的經營那家從江戶時代傳承至今的木材批發商。陽子也曾背負眾人的期盼，希望能為他們家生下第十六代傳人。由那樣的雙親，呵護寵愛長大的這個男人啊……。

「可是你父母沒意見嗎？他們不打算把孩子帶回來嗎？」

「我是不打算那樣做，也沒跟他們討論過這件事。」

「為什麼？」

他稍稍遲疑了一下。接著，有點不好意思的說：「像我們這樣的經營方式，已經太落伍了。」他聳聳肩。「有好幾次想要轉型，但要兼顧合作廠商，又要照顧那些一直靠我們吃飯的『山上人家』，牽涉的範圍太廣了，大家像是一個命運共同體。就這麼猶豫當中，我曾經費心經營的森松House人脈關係也漸漸紊亂消失。所以，可能無法改變了。」

「……」

「大概到我這代就要關門大吉了吧。」

陽子覺得有些茫然，沒想到談話內容會變成這樣。於是焦急的反問：「這樣行嗎？」

「那也是沒辦法的事。幸好，目前的生意在他們兩個老人家都健在的時候，還有點搞頭，我今天來東京出差也是為了這個。至於以後換我接手的時候，再看著辦吧。還好手邊還有點錢，狀況也不算太差。」

「不是錢的問題，是你怎麼辦？」

打從出生那一刻起，就被認定將來是繼承家業的第十五代傳人。在東京的大學讀完建築工業之後，就進入森松House工作，為的是要幫家傳事業建立人脈，拚業績。十年前，遵守和父母親的約定，回到和歌山老家準備接手。

他的人生目標，就是繼承家業，甚至可以說是為它而活。如今這個家業將在自己手中瓦解……難以想像在那種保守的環境裡，面對眾人好奇、譴責的目光，再加上背負著愧對祖先的沉重包袱，該如何自處？彷彿已經可以聽見眾人的笑罵聲：「你這個不肖子、飯桶……」

想到這裡，陽子的淚水已經在眼眶打轉。

不過他卻笑著說：「是啊，剩下的只有良心的譴責。就讓我自己一個人來承受吧。」

竟然說得如此豁達，連一點自憐自艾都沒有，不把世俗眼光當一回事的這種自信——總算想起來了，當初，自己就是愛上他這點。

實在忍不住快哭出來。

他突然碰了碰她的手背。抬起頭，結果看到對方也是一副眉頭深鎖的樣子。

「別這樣，振作一點。都已經和我分手了，還為我哭個什麼勁兒？」

接著，他好像想起什麼急事一樣，看看手錶。「哎呀，都這麼晚了，我差不多該走了。」

「嗯？」

「看到妳過得不錯，我就放心了。其他也沒什麼重要的事。」爽快的說完之後，從皮夾裡拿出一張一萬元鈔票放在桌上，然後站了起來。

「來，妳的禮物。」把紙袋遞給她。「明天還有些事要辦，所以要趕快回飯店準備。」

陽子慌慌張張站起來。「去車站的路，你不知道怎麼走，我帶你去吧。」

「開什麼玩笑，」他一臉不以為然，「我又不是三歲小孩，不會迷路的。」

「可是……」

對方有點不耐煩。「妳一點都沒變，還是像個小傻瓜。」

「……」

「妳現在所感受到的只不過是同情罷了。這種東西我不需要。」

被他這麼一說，好像淚水都白流了，實在太過分。已經四十三歲了，還是個不折不扣的大蠢蛋。

結果，對方竟哈哈大笑起來。「對啦，板著臉的樣子比較適合妳。」

就這樣了，他揮揮手走出餐廳，像從前那樣步伐輕快的往馬路對面走去，消失在夜色之中。

回到家，打開紙袋。是紀州的名產，南高梅，而且是鹽分百分之三最頂級的那種。

那傢伙……到現在還清楚記得我愛吃的東西。對於這種細節，他依然這麼細心。

打開蓋子，拿了一顆放進嘴裡。

嗯。還是那麼甘甜，真好吃。

手指黏答答的，伸手想拿桌上的面紙，又看到那張演唱會的票。

哼。

笑了笑，想起在新宿車站時村上走路的樣子。他大概也是同一類型的男人吧。

該怎麼辦呢？

9

這一天，真介比平常提早三十分鐘到公司，因為今天輪到他值班。

穿過M大樓入口，進入電梯。到了十七樓公司門口時，不禁無奈的嘆了一口氣。

去死吧！有人用噴漆大大的寫了這三個字。

不過他早已司空見慣，差不多每三個月，就會遇上一次這樣的傑作。他們專炒人家魷魚，被人尋仇記恨是理所當然。

進辦公室拿清潔劑和拖把，脫掉西裝外套，捲起衣袖開始清理善後。

十點過後，老闆高橋才進公司。真介向他報告早上那件事。

「不好意思啊，麻煩你啦。」高橋一副若無其事的樣子。「中午請你吃飯，就當作回報吧。」

一向如此，所有清理過塗鴉的員工，當天的午餐都由老闆出錢請客，算是安撫員工、弭平心中罪惡感的一種手法吧。

還不到十二點就和高橋離開公司了。

「今天吃中國菜吧？」

「好。」

「那我們到野村大樓頂樓的那家，他們的麻婆豆腐還不錯。」

「好啊。」

朝著野村大樓方向，走在大馬路上。沿路上全是一些和真介他們一樣的上班族，準備去吃中飯。

四月的陽光，照得人一身暖意。

把西裝外套披掛在肩上的年輕人、只穿一件襯衫的中年婦人……。

高橋像是忽然想到了什麼一樣，開口說：「真介，你今年賞過櫻花了嗎？」

想了一下。「嗯，沒有。」

「其他人也都沒去嗎？」

「應該是吧，這種活動通常不都是跟公司的人一起去嗎？」

「是啊。」

高橋點點頭。「那麼，來策畫一個賞花的活動吧。大家應該會很高興才對。」

「就這麼決定，四月的第三個禮拜大家來討論這個活動企畫吧。」悠哉的說完之後，淡淡的笑了笑。

這倒讓真介想起來，離演唱會的日子越來越近，已經剩不到二十天。這四、五天實在太忙，忙到忘了這件事。不知道她會不會出現?如果能來的話就好了。

哇！

突然之間感到腹部一陣鈍痛，他被人攻擊了。忍不住蹲下，回頭一看，眼前是一張惡狠狠的大餅臉。想起來了……是平山。

平山滿臉通紅，大叫：「你這傢伙！你介紹的那家協助二度就業的公司，是在搞什麼鬼？」

才剛講完，又一拳揮過來，正中胸口，一瞬間感覺快要窒息。痛到無法忍受，兩腿發軟跪了下去。

「你在幹什麼？」高橋驚呼。但平山的怒罵聲蓋過了他的聲音。

「別裝傻！你們這些傢伙。說什麼二度就業，根本就沒什麼好工作。」

看他們兩個好像快吵起來，真介想勸架，卻連站都站不住。

「給我記住。下次再讓我遇到你們，不會就這樣算了。」

平山準備逃離現場，真介撫著胸口，好不容易呼吸順暢了點，勉強抬起頭來。穿著深灰色西裝的平山，消失在驚訝圍觀的人群之中。

「真介，你沒事吧？」是高橋的聲音。

真介歪著頭看他。「沒事。只不過呼吸有點困難。」

高橋伸出手。「站得起來嗎？」他只伸出一隻手，並沒有打算扶真介起來。

真介心裡想：這個老闆很上道，即使是像我這種沒用的東西，如果在眾目睽睽之下扶我起來，豈不是太難看了？

抓住他的手，好不容易站起來。

「真是無妄之災啊。」

「是啊。」

「打算怎麼辦？」

真介被這麼一問，回頭看了看老闆。

「既然知道對方的身分，」高橋一本正經的說：「當然不能就這麼算了。如果要告他的話，公司幫你出錢。」

胸口依然隱隱作痛，想了一下，還是搖搖頭。

「不。不用了。」

「為什麼？」高橋顯得很訝異。「我跟你說，不要覺得因為這種小事告他很丟臉，這並不表示你是弱者。反倒是如果你太在意別人的看法，一個人暗自哭泣才丟臉。」

「我知道。」真介連忙解釋：「我只是覺得，那個人再怎樣混帳都有家庭、有他自己的人生。只不過如此罷了。」

高橋緊盯著他看了一會兒。

接著笑了笑。「是嗎?那就好。」一邊說一邊往野村大樓走進去，「那就去吃飯吧，順便喝一杯。」

第二部
童心

1

面談室的房門「碰」的一聲關上。

這是今天的第四個。

眼中泛著淚光，一直不甘願離職的女職員。今年三十二歲，單身，和家人同住，還好沒有很大的經濟負擔。經過一個半鐘頭的勸導，總算答應自動離職。然後頭也不回，門一甩就走了出去。

真是夠了……。

原本想嘆口氣，硬是忍了下來。

助理川田美代子就坐在旁邊。自己最近每談完一個案子，就忍不住要嘆氣，老是讓她看我這樣也不太好。太沒出息了，應該忍一忍。

不過，也許是自己太多慮。因為她還是一如往常，面無表情盯著自己的桌面看，好像什麼事也沒有發生。

只是，平常動作緩慢的她，剛剛卻做了一件令人感嘆的事。剛才面談到一半時，那個女職員只不過眼眶泛紅，還沒開始哭，她就已經伸手抽了一張桌上的面紙遞過去。到底還是女人最懂女人，能適時了解對方的需要。

幸虧她這麼機靈，對方抗拒的態度總算和緩許多，後來在說服對方自動離職時，才得以輕鬆一些。

真介無意識說了句：「美代，剛才謝謝妳囉。」

反應總是慢半拍的她，一臉茫然的轉過頭來。

可能沒聽懂吧。真介接著說：「妳剛才主動拿了面紙給她，謝謝啦。」

總算搞清楚怎麼一回事，微微笑了一下。「喔，這樣啊。」

溫吞的對答，似乎對這樣的褒獎也不是太在意。

這麼聊過之後，真介的心情好了一點。靜下心來，看看手錶，下午三點半。今天的面談還剩一個。

「好吧。給我最後一分資料。」

川田站起來，拿著資料夾慢慢走近。快走到真介面前時，停下來側著頭想了一下。「村上先生，你今天有心事嗎？」

被她這麼一問，真介嚇了一跳。「嗯？有嗎？」

川田看著真介，笑了笑。

「嗯，」邊說邊遞上資料，「我覺得好像有吧。」

從她的袖口飄來一陣淡淡的香水味。

有些人，平常再怎樣反應遲鈍、面無表情，對於戀情的感知能力就像野獸的求生本能一樣敏銳……眼前這個女人就是如此。除了華服、美食、豪宅以外，所有注意力都集中在那裡。

不過她看來不像是惡意諷刺，還好吧。

回過神來，翻開資料夾，看著第一頁的個人履歷。

接受這家公司委託，差不多是三個月前的事。這是一家東京證券二部上櫃的玩具製造商「Bakara」。創立於一九五四年，目前員工有兩百五十名。無論是他們的規模或資歷，在這業界之中，都曾經數一數二。

昭和時代，他們靠著「人生模擬遊戲」、電視卡通人物模型，和改裝迷你車等等商品，創造傲人的業績。但是到了八〇年代，卻錯失電視遊樂器的發展契機，連運動選手明星卡、拼圖這類的商品開發都沒什麼亮麗表現。這幾年來，和其他同業相比已經是望塵莫及。

今年，正好是該公司五年裁員計畫的最後一年。裁員作業越接近尾聲越棘手，於是，這個燙手山芋就交給真介的公司來處理了。

……真介發現自己好像又要嘆氣。

因為，最後這一波裁員名單中的人物，都是經歷過前四年的大風大浪的傢伙。有哭訴哀求的、有向工會投訴的、有威脅要販賣公司機密的、也有緊抱著專門業務不放手、只求不被炒魷魚的……。總之，為了繼續留在公司，什麼手段都用盡了。而且，這些人都特別善辯、腦筋靈光得不得了。

剛剛出去的那個女職員就是其中之一。她一個人滔滔不絕講了三十分鐘，抱怨公司的裁員政策，對她們女性員工是如何的不公平、不合理，連真介都快招架不住。

好累啊。

再集中精神看著眼前的個人履歷。關於接下來這個面談對象，昨晚已經稍做一番了解。

想起來了。真介差點笑了出來。

緒方紀夫，三十七歲，富山縣人。目前擔任即將被合併裁撤的開發二課研究主任。

看看右上方的大頭照……嗯，實在是很有趣的一張臉。毫無緊張感的一張圓臉，理了一個跟小男生一樣的平頭，眼睛、鼻子、嘴巴分開來看都還不錯，但是湊在一起就有奇妙的效果。眼神失焦像是在看著遠方，做個比較不禮貌的比喻，就像漫畫「天才Bakabon」裡的配角「鰻魚犬」。

乍看之下，像個白痴。

但這個人在公司的表現，可一點都不白痴。十五年前大學畢業後就進入這家公司，一直待在開發部門。

與其說他是白痴，或許正是天才的另一種表現也說不定。

二十五歲那年，他開發了新產品，迷你吊飾「大便娃娃」。頭上戴著大便造型帽子，全身赤裸裸的橡膠小男生，只要掐一下它圓滾滾的肚子，屁股後面就會擠出一長條大便。大便也是橡膠做的，顏色有二十種之多，有咖啡色、黃色、黑色、紅色……。

這個創意商品，在當時似乎獲得極大的回響。雖然大人們看到了都皺眉頭，但小學生卻為之瘋狂。

二十九歲時，做了一對貧窮的老夫婦「與作和阿梅」人偶。它們粗俗卻又可愛的樣子，勾起了大多數日本人淡淡的鄉愁，尤其是文化界和媒體人給予極高評價，許多知識分子都買來當擺飾，非常搶手。

於是他在三十歲那年榮升為研究主任。只是不知為何，從那之後就後繼乏力，不曾再有驚人表現了。

上司對他的評語是：完全缺乏管理部下的能力。

翻閱一下其他資料，人事部長提供的訊息也記錄在其中。

他在二十七歲時，和參加「同人派對」認識的十八歲女孩結婚了。仔細想想他參加的社團，還有異於常人的行逕，果然不是一個普通人。

之後，聽說在東京都內買了房子，也生了小孩，兩年後卻離婚了。

據人事部的傳聞，當初他二十歲的年輕妻子這麼說：「我再也沒有辦法和你這種瘋狂的人一起生活了。」

這到底是怎樣的一個人？

到了二十七歲還去參加「同人派對」，更詭異的是，連在那裡認識結為夫婦的女人都認為他是「瘋狂的人」。至於所謂的瘋狂，是否也包括了在「床上」的部分？

現在據說和女方達成協議，由他負擔房屋貸款以代替贍養費。在這方面，或許可以說是個有責任感的男人。

第三頁列出的是過去十五年的薪資明細，正打算看的時候，有人敲了門。

「請進。」

門把轉動，那個「同人派對男」現身了。髮型和照片上的一模一樣，身材像顆圓圓的橡皮球。穿著一件黃色的垮褲，藍色的長袖格子衫，白色慢跑鞋，胸前還別了紅色和綠色的笑臉娃娃胸章。淨是一些亮到刺眼的顏色。

對於眼前所見，雖然早就有心裡準備，還是不禁納悶這個三十七歲的大男人到底有沒有審美觀？

對方不動聲色，於是真介先開口：「緒方先生嗎？」

「啊，」有氣無力的回答：「是。」

「您這邊請坐。」

緒方聽從指引，在真介面前坐下，兩手放在膝上，和他正面相對。在他身上完全感受不到一般面談者的敵意。他兩眼睜得大大的，一臉被嚇到的表情，根本和小學生沒兩樣。

真介不知為何感到有點焦躁。

「緒方先生，在進入主題之前，您要喝杯什麼嗎？」

「哦，好啊。」

「咖啡或紅茶好嗎？」

結果緒方一副全身不對勁的樣子扭動著。

「我喝咖啡會肚子痛，不用了。」

「那紅茶呢？」

「紅茶……喝完舌頭會苦苦的……」

我的天，這個男人是怎麼了？

真介正覺得匪夷所思的時候，緒方開口了：「如果可以的話，我想到外面走廊上的自動販賣機買我要喝的東西。」

「啊？」

「我說，外面的自動販賣機。」緒方一邊用手比畫著，「可以嗎？」

能說不行嗎？真介只有點點頭。

緒方出去一會兒馬上回來，手上拿了一罐果汁。真介一看到那罐果汁，簡直傻眼。黃綠色的罐子上寫著「Poo」，是一罐由人工香料、糖精、著色劑合成的果汁。平常大概都是喝這個吧。

緒方坐下來，拉開拉環，然後像在喝熱湯一樣，發出很大的聲音，喝了兩、三口。

真介瞄了一眼時間。快四點了，心裡有些焦急。今天下班後有一件極為重要的事，五點之前必須離開這裡才行。但他並不打算隨便敷衍這個案子，因此只有把握時間，盡快搞定。

「那麼，緒方先生，我們就進入主題了。」

「嗯？」緒方還是一臉茫然，抬起頭來。真介繼續說下去：「我就直截了當的說。這幾年來，開發二課的產品好像一直處於虧損狀態。」

緒方一手拿著果汁，微微點了個頭。

「據了解，去年度還將五人編制縮小為三人？」

對方再度點頭，真介將上半身稍往前傾。

「緒方先生，相信您也知道，再過一陣子二課將和一課合併，成立新的開發部門。」

「對啊，就是說啊。」緒方突然開了口：「我也跟上面說過了，希望他們可以把我這個小組留下來，可是好像行不通。」

他說得慢條斯理，把真介的步調都打亂了。

這什麼跟什麼啊？

彷彿跟自己無關緊要，一點也不像經歷過四次裁員風暴。那就快刀斬亂麻吧。

「緒方先生，簡單的說，您現在的職位將來是不存在的。」

說完一直盯著他看。緒方那失焦的目光，一瞬間和真介有短暫的交集。

「哦，我沒關係的。」緒方說：「我本來就不喜歡當什麼主管，讓我到新的部門聽人使喚也無所謂啊。」

不，你誤會了。真介開始按捺不住。「緒方先生，我的意思是，您要不要藉這個機會，到外面的世界去挑戰全新的自我？」

「咦？」

「也就是說，」從剛才開始整個場面已經失去控制了，「如果您現在決定的話，還可以適用許多自願離職的優惠條件。」

緒方像是大夢初醒。「你是在說我嗎？」

真介點點頭。

「可是，你們不是找我來商量二課合併的事嗎？」

別鬧了，我又不是你們公司的人，要商量什麼？實在很想這麼回答，還是忍了下來，繼續說明：「不是的。緒方先生，今天請您過來，是要談談關於您個人的部分。」

緒方突然變得慌亂起來，急忙說：「可是，我去年和前年面談的時候都說過了，只要可以繼續工作，其他都無所謂。人事部長也答應我，讓我繼續留下來啊。」

「這部分就不是我能介入的了，因為我們也只是依照貴公司的指示作業，您這麼說，我實在也……」

真介才說到一半，就講不下去了。

因為對方已經開始熱淚盈眶，那兩隻距離遙遠的眼睛各自流下一行淚，沿著臉頰流到圓滾滾的下巴。

太誇張了。雖然偶爾有人在面談時會哭出來，但哭的大多數是女職員；男職員就算哭，也不會哭成這個樣子。都三十七歲的大男人了，真是令人難以置信。

「可是，上次人事部長明明那樣說過的啊。」緒方哭哭啼啼的說：「還叫我好好努力啊。」

「我已經向您解釋過……」

「那不然我現在去找部長，去跟他問清楚。」

「不……」真介這次真的慌了手腳，也顧不得禮貌，連忙想阻止他，「請您千萬別這麼做。我們今天是接受貴公司的委託，全權處理這次的面談工作。」

「那我可以求求你不要讓我離開公司嗎？」

「這，這個嘛……」

結果緒方根本無意聽完真介的回答，自顧自的站了起來。

「等我一下，我馬上回來。」

真介也跟著緊張的站起來。「你要去人事部的話，我跟你一起去。」

「不是，我要回我的辦公室。」不管真介怎麼說，往門口方向跑了出去。

「等，等一下啊！緒方先生！」真介高聲呼喊想阻止他，但門已經「碰」的一聲關上了。

愣了好一會兒，才回過神來。轉頭望著川田，才發現平常從容自若的她，也一臉驚訝的看著真介。

因為事情的發展太出人意料，一時之間也不知該說些什麼。

結果是川田先開口：「……要不要打個電話去人事部？」

想了一下，搖搖頭。「不用了，沒關係。」真介說：「既然他說馬上回來，我們就先等等看再說。」

川田也表示同意。

真介總算冷靜下來。看看錶，都還沒開始說到重點，竟然已經四點了。

真是讓人嘆為觀止啊。這個男人……缺乏溝通能力，想法單純幼稚，自我中心，對自己的情緒表達毫不修飾。雖然大我四歲，卻可以說完全和社會脫節。

「總之，就等吧。」說完，悵然的坐了下來。

……五分、十分過去了，緒方還沒回來。真介如坐針氈，簡直快哭出來。

糟糕！今晚的約會。從一個月前，就滿心期待今天的到來。照這樣下去，肯定趕不上了。

他媽的。哪天不挑，偏偏挑今天。手指已經不耐煩的在桌上敲個不停。……這樣的工作又不能隨便敷衍了事，再怎麼說，也是決定他人命運的一環。

再看一次時間，四點十二分。真介快吼出來了。

喂！緒方先生，你到底在搞什麼鬼？

耐性已經到了臨界點，轉頭正想請川田打個電話去人事部問問看，這時門打開了，是緒方。

真介馬上起身，大吐苦水：「您這樣豈不是讓我為難嗎？話談到一半，突然就不見人影。」

「對不起，不好意思。」應該是跑回來的吧，看他氣喘吁吁的回答：「可是不能不去。」

嗯？

緒方手上抱了一個紅色的大圓盤，好像很寶貝似的。直徑差不多三十公分，厚度大約十公分左右。

「那是什麼東西？」

「我試做的樣品。」緒方興奮的回答：「不過，裡面的晶片狀況還不是很好，我剛剛就是跑回去修正，才會遲到。」

真的是被打敗了。如此重要的面談，他竟然可以這樣……他的心裡到底在想些什麼？

「那我們可以繼續剛剛的話題了嗎？」

「請等一下。」

緒方極為謹慎小心的把那圓盤放在地上。

「你看！這是我花了一年的心血開發出來的產品，是一件空前的傑作。如果可以在市面上公開販售的話，一定會熱賣。」邊說邊打開圓盤中央的白色開關。「這麼一來，我們公司就不必進行什麼裁員計畫了。」

那個圓盤響起一陣馬達聲，開始在地上轉來轉去，前、後、左、右，所到之處清潔溜溜，看起來是一臺小型的吸塵器。圓盤在碰到牆壁或桌腳之前，會自動轉方向，應該是靠雷達控制吧。

可是真介認為，這只不過是個電器產品罷了。類似的商品，好多年前就已經上市了。這種商品又能和玩具製造商扯上什麼關係呢？

彷彿看穿了真介的心思，緒方又說：「這是為生活在大都市、單身而寂寞的人做的。我為它取了一個名字叫『裁員君』。」

「啊？」

真介滿頭霧水。緒方按下手中的遙控器，結果圓盤表面有一塊白色透明的部分，開始閃起紅色燈光。

鏘！鏘！鏘！鏘！

應該是底部裝了喇叭吧。

恰！恰！恰！鏘！鏘！巴、巴啦！鏘！鏘！

音樂聽起來有點詭異。

燈光變成綠色。

嘿！

呀！

豆！

歌曲中穿插著朝氣十足的口號。同時吸塵器也沒閒著，到處亂轉。

燈光變成了藍色。

搞什麼鬼？炒我魷魚？

接著，變成小孩的聲音。

不會吧……我可是很認真的在工作唷。我超愛我的工作。

藍色變紫色。

把不要的東西都吸光光，就是我的工作。我是裁員君。

燈光再變為黃色。

垃圾小子們，打起精神吧。只不過是這裡不再需要你們罷了。

就算是一坨大便也有養分，能讓花朵綻放。

意志消沉的時候，就喝杯牛奶吧。

小孩高亢的聲音不停的唱著，真介已經聽傻了。

「根據使用者的心情，總共有十種版本可以用。」

緒方興致勃勃的操縱遙控器。吸塵器底部又傳來小孩的歌聲。

你真是一個天才。工作表現一級棒。

啊，真是了不起。

肚子餓了沒？去吃飯吧！

要吃漢堡？還是咖哩？

看著唱個不停的吸塵器，緒方臉上洋溢著光采。

「怎麼樣？很有趣吧？」轉過頭對真介說：「在這種不景氣的時候，最適合孤單無助的上班族了。一定會熱賣的。」

「啊？」真介茫然的點點頭，再看看時間。

已經四點半了。為了今晚還特別開車過來，從這個琦玉縣南部要到市中心，應該會遇上大塞車吧。

「喂，你覺得呢？」

嗚……真介心裡又急又無奈，好想哭啊。頭開始痛了。

2

……這傢伙搞什麼？

陽子已經氣到快冒煙了。

一個月前開始，就一直記掛在心上的約會。不，正確的說，根本算不上是約會，是那個厚顏無恥的傢伙一廂情願寄來的信，還有一張演唱會的票。

猶豫著到底是去、還是不去，昨天深夜總算做出決定。

既然人家極力邀請，就要做好萬全準備赴約。一大早起來，泡澡、刮腿毛，挑一套滿意的衣服，才到公司上班。為了趕得上演唱會，忙到中午連飯都沒吃，只胡亂吃了兩口零食。

五點前就先打了卡，離開位於品川的公司，前往原宿拜訪客戶談點事。結束訪談的時間比預期的還早，於是搭上地鐵往ACT劇院，結果還不到六點十五分就抵達約定地點了。

雖然門票上註明六點開始入場，但是入口大門還關著，可能是音響或照明設備還沒架設好吧。大廳裡早就亂哄哄的擠了一大堆人，差不多都是十幾二十歲的年輕情侶。入口前的人群也越來越多。

在那一群人當中，尋找那個男人……村上真介……的身影。

既然是他先約我的，應該比我早到吧。大概一下班就直接過來，所以是穿西裝囉。在大廳找了一遍又一遍。

沒有看到。

可能是因為人太多，黑壓壓的一片不好找。不然，就等他來找我也行。怎麼還是沒看到？距離開演時間不到十分鐘了，難道他打算最後一分鐘才來嗎？陽子已經開始有點不耐煩了。

六點二十分，大門總算開了，她幾乎是被蜂擁而至的群眾擠進會場的。開演前的背景音樂簡直震耳欲聾，好吵。陽子一邊忍耐一邊找座位。有了，中間第五排的G，位子不錯，和舞臺的距離不會太近或太遠，對樂團成員的舉手投足都能盡收眼底。稍稍覺得滿意，坐了下來。

六點二十五分，背景音樂越來越大聲，照明燈光也緩緩降下，四周的位子差不多都坐滿了，陽子左右兩邊的H和F還空著。她心中記掛著，待會村上來的時候不知是坐左邊或右邊？自己該靠近哪邊扶手才對？突然，背後傳來刺耳的嬌嗲聲，聽起來就像騷貨的那種笑聲。和她對話的男人，聲音也是齷齪粗俗的感覺，讓陽子很不自在。

看一下手錶，已經六點二十七分。

真是……那個男人到底在幹嘛？他是打算怎樣？再不來，演唱會就要開始了。難道是故意遲到嗎？

其實，陽子是一個小心謹慎的人，她自己也知道，通常越是小心的人，越容易發怒，因為他們會在心裡假設很多最壞的狀況，以至於情緒大受影響。陽子現在就是這樣，越來越焦躁不安。

只要一有人走近，她就滿心期待抬起頭來，然後又大失所望。有一對手牽手擠進來的情侶，走到陽子旁邊停下來。這兩人差不多才二十出頭吧。

那個小伙子身穿「I LOVE TOKYO」的T恤，他瞧了一眼E和F的空位，對穿著白色無袖上衣、有點豐滿的女朋友努嘴說：「妳坐那歐巴桑旁邊吧。」

啊？以為自己聽錯了。歐巴桑……是在說我嗎？

「噗嗤！」突然聽到後面有人在笑。是誰？……陽子覺得腹部有一股熱氣湧上來，而且知道自己的耳根子已經紅到不行，就是沒有勇氣回過頭去。

那個稍胖的年輕女孩在旁邊坐下來，把手裡的東西放在地上的同時，偷偷朝陽子瞄了一眼。陽子心裡明白，這女孩暗地裡在竊笑，因為演唱會即將開始，我身旁那個座位卻還是空著的。

陽子這一次真的要發火了。

實在是可悲啊。為什麼連這種手臂超粗、全身肥滋滋的女孩都可以嘲笑我？我為什麼要在這裡受這種鳥氣？而且看看她，穿的那是什麼？一條故意洗到發白的低腰牛仔褲，能看嗎？知道自己胖，就不要穿這種淡色系的衣服，讓自己原形畢露。怎麼連這都不懂？

陽子悵然若失的將雙手環抱胸前。這些傢伙竟然還能夠若無其事坐在一旁，陽子快氣炸了。

白色……真令人感傷。自己從何時開始就不再穿白色衣服了呢？像今天，穿的是點綴了黃色花紋的奶油色套裝。猛然想起，似乎是過了三十五歲之後吧。某個夏天的早上，一套上白色套裝，就發現鏡子裡那個人的臉色怎麼那麼暗沉，甚至有些發黃，而且皮膚也失去彈性。才知道，原來白色竟然是讓自己暴露缺點的原兇。於是，再也不穿白色了。

六點三十分。除了陽子身邊的空位之外，四周都擠得滿滿的，快塞爆了。

背景音樂突然停止，以為發生什麼事了，背後一道強烈的燈光突然聚焦在舞臺中央。布幕尚未拉起，只聽到銅鈸的聲音，兩次、三次。

之後，是吉他的獨奏，那像要將人彈出百里外的絃音，在會場裡迴蕩，嗡嗡作響。怒吼、發嗲、哀號，觀眾們為之沸騰，連空氣都在震動。周圍的年輕人一個個站起來，陽子幾乎看不見舞臺。有揮舞拳頭的小子、有扭腰擺臀的辣妹，陽子只看得到他們的背影，大家的情緒都開始激動高昂起來。

只有陽子一個人冷靜的坐著。在這群年紀都能當自己小孩的年輕人之中，她只覺得好尷尬，怎樣都無法融入他們。於是，像尊佛像供在座位上動也不動，彷彿被這個世界遺棄了一樣。

在那一瞬間，陽子想到一個可能性，並為之錯愕。

會不會……這張票，其實本來要給別的女孩，結果因為對方不能來，又不願意浪費，所以才給我？

可是怎麼會……混蛋。意志越來越薄弱，搖擺不定。

一下子感到非常不舒服，只覺得這音樂好吵。自己本來就對這種樂團不是特別有興趣，再說，這個音量實在大到會震破耳膜。

好想哭……我到底來這裡做什麼？

看了時間，六點三十三分。幕一拉起，觀眾更是興奮得不得了，要擠出去並不容易。

回去吧。

才下定決心，要站起來的時候，突然聽到一個耳熟的聲音：「對不起！不好意思！」即使混雜在吵鬧的音樂聲及觀眾的呼喊聲之中，她都分辨得出來。

「借過一下！」

陽子像是被嚇到一樣，站了起來，看著右手邊。在那個「I LOVE TOKYO」的後面，有一個穿西裝的男人正努力擠進人群往這裡過來。

是村上真介。那一頭豎立的頭髮，被燈光照得亮閃閃的額頭，還有斗大的汗珠，想必是匆匆忙忙趕過來的吧。

可是，和陽子四目相交的瞬間，他露出那口白牙，笑了開來。盯著陽子看的同時，仍不停奮力撥開人群。這個人，還是一樣舉止輕浮、不太牢靠，即使遲到了，卻連一點畏縮膽怯的樣子都沒有。

恐怕完全沒有考慮到在這裡傻等的我，是什麼樣的心情吧。

這個混蛋。

3

八點過後，這場讓人熱血沸騰的演唱會終於結束。

陽子和村上走出大廳，站在自動販賣機前。演唱會裡那些激動到滿臉通紅的年輕人，絡繹不絕從他們眼前走過。

「渴了吧？想喝點什麼？」村上一派輕鬆的問。

「冰茶。」

剛剛的氣已經消了，但陽子的回答還是冷冰冰的。村上點點頭，投入硬幣，取出兩瓶「爽健美茶」。

「來，給妳。」

拿了一瓶給陽子。陽子轉開瓶蓋，含了一口冰冰的茶，稍稍清醒了些；村上神態自若的站在陽子身旁，也默默喝著茶，讓陽子產生一種異樣的感覺。

今天是第三次和這男人見面。第一次是為了公事，一個是即將被解雇的職員，一個則是被派來勸人離職的面談官；第二次，是為了知道面談結果，和他約在新宿碰面。可是，愉快的共度晚餐之後，竟然在電梯內被他強吻。一氣之下，打了他兩巴掌。

再來就是今天了。

一開始，總覺得今天見面應該會有些尷尬，到達會場之前，一直有一種說不出來的緊張。可是剛才，當對方出現的那一刻起，所有不愉快、緊張的感覺似乎都煙消雲散了。

他在陽子身旁坐下的時候，舞臺上的布幕剛好揭起。

「你好像很忙嘛？」陽子忍不住用嘲諷的口氣說。

「啊？」村上好像沒聽清楚，把耳朵靠了過來。於是陽子扯著嗓門大聲說：「我說，你是下班後才匆匆忙忙趕過來的吧！其實不必那麼辛苦呀！」

「嗯？」村上越靠越近，近到都快壓在她身上，臉上依然掛著燦爛的笑容，一隻手放在耳朵後想聽清楚陽子說的話。但顯然他誤以為陽子是在稱讚他。

唉，連抱怨的力氣都耗盡了。

不過，這場演唱會還算不錯。差不多在第二首歌開始的時候，陽子的氣也消了，才慢慢發覺這個「齷齪小子」唱的歌，乍聽之下不怎麼樣，其實歌詞之中包含了許多情感上的隱喻。

地球是地上一顆球
一顆依循規則旋轉的行星
由北到南、由南到北不停的轉
轉呀轉、轉呀轉
人們跳舞、歡笑，由北到南邁步向前
目的地是厄瓜多爾、巴塔哥尼亞，還是金夏沙？
或是要到日本昭和基地看企鵝？

煩惱憂心都拋到九霄雲外，好高興、好快樂
看看藍天、大海，企鵝和月亮都歡欣鼓舞
欣喜若狂，不停的轉呀轉
人工衛星也在笑
一顆依循規則旋轉的行星
地面有人群、海裡有企鵝、月球上有兔子
悲傷痛苦全都銷聲匿跡
怎麼可能會這樣？
兔子搗藥乒乒乓乓，仔細一看還有一坨屎

主唱突然轉身向後脫了褲子，露出光溜溜的屁股。觀眾的情緒一瞬間為之沸騰，有人驚聲尖叫、有人不停跺腳，全都激動不已。

應該是事先套好的吧，實在有點粗俗。

不過，還是滿有趣的。

陽子的茶喝了快一半，大廳裡的人潮也差不多都散去。

聽見身後有「卡、卡」的聲音，回頭一看，是那個穿無袖上衣的女孩，腳上穿著一雙銀色無跟拖鞋，從廁所出來。擦身而過時，兩人的視線短暫交會。那個稍嫌豐滿的女孩，立刻將目光移開了。

這是第二次較勁。我贏了，陽子在心裡想。

女孩加快腳步從她面前走過，和那個實在不怎麼樣的「I LOVE TOKYO」在出口結伴離開。不必說，女孩的神情看起來不太高興。

自己身旁站了個村上，雖然不太願意承認，但這個男人，任誰看來都比那個「I LOVE TOKYO」的臭小子稱頭多了。在異性外貌這方面，女人其實比男人都在意，總是免不了互相比較，自己的男伴是否高人一等。

所以剛才演唱會一結束，陽子馬上故意轉頭看了那女孩一眼。果然，當時她也是連忙將視線移往別處。

我贏了，真是過癮啊。不禁露出勝利的微笑。

想一想，自己和年紀差了一大截的小毛頭計較這些，實在是太小心眼了點。不過，確實因為這樣，心情整個舒暢多了。

「今天謝謝你，我很開心。」無意間對村上說了這句話。

咦?

村上有點愕然，愣了好一會才搞清楚陽子的意思。

「我想回家了。今天有些工作沒做完就趕過來，所以明天得早早出門到公司去。而且，我覺得自己和這種地方格格不入，會讓我有些畏懼。」

村上露出慌張的表情。「可是，現在才剛過八點啊。」他轉身面對陽子慌亂的說：「更何況，妳不餓嗎?我們一起去吃飯吧?」

「……」

結果還是婉拒不了村上的邀約，一起走出ACT劇院。

「我今天開了車來。」村上邊走邊說。

陽子在一旁走著，心裡想：「原來如此。」

這男人應該是一開始就打算要邀我一起吃飯了，所以才會開車過來。只是沒想到卻遇上塞車，反而害自己遲到。

陽子心中的迷團，一一有了解答。想必餐廳也已經訂好了，難怪剛才一點也不急著為遲到的事做任何解釋。

你總是用這種方式和女孩約會嗎？——陽子幾乎脫口而出，卻又打消念頭。因為想了想之後覺得，這樣問豈不是貶低了自己的身分。況且他們這年代的男人，恐怕早就不用「約會」這種字眼了。想了許久，實在找不出什麼更好的說法。於是只有針對村上談話的內容，適時的給予禮貌性的回應，一起走到立體停車場前。

村上將收據交給管理員。那人按了個鈕，就聽見大樓裡起降機動作的聲音。

陽子在心中揣測這男人的車應該很拉風，從他的穿著就可以看得出來，他應該是怕丟臉的那種人。每次總是一身暗色西裝，搭配淡色系的襯衫，繫上顏色互補的領帶。

這類男人，通常都喜歡開跑車。

以陽子的論點來說，好色的男人大多對車子有一股狂熱。

之前分手的那個男人，還有住在紀州的那隻野猴子也是，對車喜愛得不得了，開著一輛日產的Skyline GTR跑車，硬要陽子坐他旁邊，只要路上的車比較少，就加速飛奔。上了高速公路更不得了，時速二百、二百三十，有時甚至超過二百五十公里。陽子覺得他簡直瘋了，有好幾次坐到快嘔吐，兩個人還因此大吵一架。

這個男人也跟他們一樣的話，就太掃興了。一邊暗自祈求，待會眼前可不要再出現一輛跑車，一邊等待起降機下降。

「哐」的一聲，起降機停了下來，鐵門慢慢升起。

「不是什麼好車。」村上說著走了進去。

啊？出乎意料之外，眼前出現的是黃色車牌，也就是小型車。只不過，造型有點特別。這輛銀色雙門的小車……該怎麼說呢……總之，就是造型獨特。它的擋泥板、引擎蓋、後車箱、大燈，全都是圓的，就像把碗覆蓋在桌上一樣。也有點像瓢蟲。

然後，響起蜂鳴一樣「嗡、嗡」的聲音，金屬製的車頂滑向後方，後車廂自動打開，把折疊起來的後車窗收了進去。

不過一下子，就變成一輛敞篷雙人座車。村上坐在駕駛座、手握方向盤，得意的抬頭望向陽子。

陽子不禁笑了起來。「這就是你的愛車？」

村上點點頭說：「灰姑娘的南瓜車。」

哼。讓人嗤之以鼻，太做作了吧。但，又不特別覺得有什麼不快。

村上傾身拉了車門把手，陽子打開車門坐進去，同時問：「這是什麼廠牌的車？」

「大發的 Copen 。」

村上邊說邊打檔，是現在少見的手排車。車子起動，慢慢滑行到路上，行駛在夜色中的赤坂通。

前方是綠燈，星期二的晚上車輛並不算太多。村上的技術還不錯，陽子只感覺到微微的震動，和引擎活力十足的聲音。

五月的晚風，舒服極了。

村上帶她去一家位於廣尾的泰國餐廳，開車不用十分鐘就到了。陽子回想，上次吃的好像是越南菜吧。

坐下來，各自翻閱菜單。

兩人互道乾杯、喝了口啤酒之後，陽子才發現，眼前這個男人的臉，今天不知為何看起來特別清爽。絕不是自己的錯覺，他的樣貌，比上次見面的時候還要清晰分明。

看了一會兒才發覺，是他的眉毛。他將眉毛旁邊的雜毛都拔掉了，陽子在心裡想像一個大男人拿著拔豬毛的夾子、死命盯著鏡子裡看的那副模樣，就忍不住想笑。

這麼一來，心情又好了一點。

上第二道菜涼拌冬粉的時候，他們的對談又跟上次一樣熱絡起來。村上的談話內容很有意思，或者也可以說有些奇怪吧。他一邊吃著冬粉，一邊談起自己的家鄉。

他出生於北海道，但不是札幌或釧路那樣的大都市，而是鄉下地方，叫足払。足払位於北海道北部，由宗谷峽沿著鄂霍次克海五十公里左右的地方。村上說，大約明治時代中期（一八九〇年左右）在那裡發現了煤炭，許多以採礦維生的民眾開始進駐這個小村莊。

陽子在點頭附和的同時，感到有些驚訝。雖然可以感覺得出來，他應該來自外地，但沒有想過是那麼偏僻的鄉下。

其實，只要仔細一點還是有跡可尋，例如他穿著上的某些特徵，還有對大都市的看法等等。對他來說，所謂的大都市，就是討生活的地方，和他土生土長的故鄉是兩個不同的世界。因此，處於這個競爭激烈的城市中，總是不甘示弱、不願落人後。

村上繼續說著。

那個地方，夏天非常短暫，一年有一半以上的時間都處於冰天雪地的狀態。他開始上小學的時候，已經過了採礦的極盛時期，由宗谷開往那裡的鐵路也被拆除，村民們陸陸續續遷往大都市，人口越來越少。

雖然如此，他的談話卻不會讓人感到一絲絲憂鬱或悲傷。他反而是用一種開朗、嘲諷的口氣在述說自己生長的那個地方。

「小學一年級那時候，我家雖然不算有錢，但班上還有更窮的。」

「嗯。」

「有一天上美勞課，是第一次用黏土做東西，大家把剛買來、全新的黏土放在桌上。」

「黏土？」

「對，黏土。然後那個家裡最窮的同學，也放了一塊全新還沒拆封的在面前。結果，老師就問他：『喂！你的黏土哪來的？』他回答：『是買來的。』老師接著就罵他：『說謊！你家哪來的錢買黏土？』」

陽子一聽，馬上為那個孩子打抱不平：「太過分了！怎麼可以這樣說？」

可是，村上卻咧嘴笑著。「不過，我們真的是窮啊。大家都知道，他們家好不容易才湊出錢來買那塊黏土，而且每個人的家境都差不多，所以都笑成一團，連那個同學也笑了。最後，連老師都不得已苦笑對他說：『不好意思，是我不對，老師不該那樣說。』」

陽子聽到這裡也笑了出來。這個男人說的話，真是引人發噱。他說的彷彿是另一個世界的事，和自己一點都不相干。

為什麼會這樣呢？

明明小我八歲，卻如此世故。時而諂媚的言詞、時而細心體貼的關懷，想必是歷經了滄桑，嘗盡人情冷暖的關係吧。

即便如此，他依然還是那樣開朗樂觀。

再進一步仔細想想，終於明白了。

是一種超然的智慧吧，也就是，對於自我意識和實際狀況之間的距離，拿捏得剛剛好，不輕易自怨自艾。

所以他那開朗的性格中，帶有一種獨特的氣質。這樣的人，大多不在意世人的眼光和世俗的規範，想必他也一樣吧。

該死。

陽子對自己心境的轉變有了警覺。她咬咬下唇。

搞什麼……十年前識人不清，被害得悽慘無比，現在怎麼可以再對這樣的人心動。不知道為什麼，自己身邊老是有這樣的男人，揮之不去。

然而，村上只顧著吃，一點也不知道陽子心裡的糾結。

離開餐廳時，已經過了十點半。

村上先上了車。車頂同樣發出「嗡嗡」的聲音，收進了後車箱。陽子這時才進入車內。她暗自揣度，在市區約會卻專程開車來，應該是想送我回家吧。如果拒絕他，是不是太無情了呢？而且，他看起來不像是會糾纏不清的那種人。

從表參道經過原宿車站前，往井之頭方向開去。過了代田橋，進入甲州街道。路上空空蕩蕩，沒什麼車，十一點左右就到陽子住的地方了。

「今天非常謝謝你。」車子停在訪客專用區，陽子下車時對他說：「我玩得很愉快。」

村上在駕駛座上，抬頭對著她笑。「我們還能再見面嗎？」

就是這樣的分寸。並非沒有自信的表現，而是不得寸進尺的風度。

陽子就是欣賞他這樣的風度。

假裝想了一會兒，才回答他：「當然。」

「謝謝！」

「那麼，就這樣囉。」

「嗯。」村上雖然這樣回答，卻沒有馬上離開。

稍稍低著頭，握著排檔桿的手掌微微一張一合，顯出捨不得離開的樣子。

糟糕！自己最無法抗拒男人這樣的暗示……。

儘管心裡有了警覺，還是忍不住問他：「如果不介意的話，要不要上來喝杯茶？」

果然，村上一臉興奮的樣子。

啊，慘了。

結果還是發生了。

起身要去煮第二杯咖啡的時候，村上輕輕拉住她的手。

陽子沒有抗拒。這個男人，一開始就想要我了，像孩子渴望著玩具般的眼神，讓陽子無法抗拒。

村上吸吮著她的唇。兩人最原始、野性的那一面完全被釋放出來。

在浴室裡，村上舔著她的頸後，輕咬她的乳尖，用手指撫弄那滿是泡沫的私處。她的雙腳被撐開靠坐在浴缸邊緣，村上整張臉埋在蓊鬱的森林中。

陽子知道，彼此已完全被激情燃燒驅使，無法自拔。

他抱她進了臥房，將她壓倒在床上，床頭有一盞微弱的燈光。昏暗之中，兩人變換著不同的體位，互相舔著、吸著、由背後到臀部，探索任何一處能取悅對方的部位。

好舒服。

陽子換了上位，壓著他，感受彼此肌膚接觸摩擦時的快感和汗水，舔著他的胸膛，含住他的乳頭、乳暈。

嗯？舌尖的感覺不太一樣，怎麼有些滑溜溜的？雖然很舒服，可是有點奇怪。在暗淡的燈光下凝視他的乳頭，即使是體毛再稀少的人，胸部應該都還是有一些汗毛。

可是陽子再度確認了一次，說：「沒有毛。」

結果對方的回答竟然是：「為了以防萬一，我把它刮乾淨了。」

啊？陽子笑了出來。什麼叫以防萬一？這傢伙真不是東西，沒人比他更狡猾的了。

不過，陽子並沒有特別感到不悅。就像他那對眉毛一樣，陽子反而覺得，這個男人為了和自己見面，竟然如此慎重。

不知不覺中，咬了他的乳頭。

「好痛！」村上大叫，幾乎要跳起來。陽子邊笑邊把他推倒，又開始輕輕的咬著。

4

第二天。

真介走出擁擠的新宿車站西邊出口，陽光照射在小田急百貨公司前的圓環，非常刺眼。

他覺得睡眠不足。大腿內側的肌肉又痠又痛，昨天玩得太過火了，全身虛脫。但這一點也不影響他輕快的步伐。經過小田急 HALC 大樓前，穿越往 M Tower 大樓方向的斑馬線，想起昨晚的事。

芹澤陽子。

第一次見到她的時候，就有預感了。

她那深鎖的眉頭、緊閉的雙唇、有力的眼神、線條優美的小腿、細細的腳踝，個子雖然嬌小但身材圓潤，比例勻稱，讓真介有所期待。

和她上過床之後，感覺大致符合自己所預期的。她的私處很緊密、有彈性，在真介進入的那一瞬間，雖然有一點抗拒，但進入之後馬上被濡溼的私處緊緊包圍，像是天生絕配。真介獲得了最大的滿足，忍不住呻吟，一洩而盡。

他來到了 M Tower 大樓的入口大廳，按了電梯，微笑。

第一次見面就對她有遐想，最後甚至夢想成真，自己也實在是夠風流的了。就某種層面上來說，也算是變態吧。

不過，那真的是一次很棒的經驗。

電梯來到十七樓。

話說回來，當初對她的遐想，並不僅只於性方面而已。

今天早上六點，和她一起吃了奇異果、優格當早餐，就離開了。開著車，急急忙忙趕回家已經是七點半。

除了冬天之外，平常他穿襯衫的時候是不穿內衣的，因為他覺得那樣很土。赤裸著上身，準備換上淡藍色襯衫時，看到鏡中的自己才發現，左邊的乳頭周圍有一片淤青。

其實昨晚當他匆忙趕到會場的時候，就發現她在生氣了，生氣的原因不難理解，應該是由於明明是真介提出的邀約，竟然還敢遲到那麼久。

於是他故意裝出若無其事的樣子，在她身旁坐下。

果然，她火藥味十足的說：「你好像很忙嘛？」

真介明明聽到了，只因為覺得她生氣的樣子很有女人味，故意裝作沒聽到。

她只好扯著嗓門大聲說：「我說，你是下班後才匆匆忙忙趕過來的吧！其實不必那麼辛苦呀！」

「嗯？」真介又故意裝傻。

看她一臉無奈的表情，真介都快忍俊不住了。

這個女人，不太清楚所謂的人情世故吧，而這也正是她的優點。像她這樣毫不掩飾情緒的真性情，大多數人都隨著成長和掩飾而將之遺忘了。在她眼中，世界並非單調黑白，而是有憤怒、有悲傷、有快樂，隨著心境的變化呈現多采多姿的樣貌。

這不是不成熟，而是因為她擁有一顆年輕的心。

真介一邊回想這些事，一邊開了公司門。

會議從下午開始。

玩具製造商Bakara第一階段的面談，昨天全部結束了。今天中午之前，真介和其他同事必須把面談結果整理出來，準備下午在會議中提出報告。

會議桌呈ㄇ字型，老闆高橋坐在最後方。兩旁的員工輪流向他說明昨天的結果，以及願意接受勸告自動離職的人數。

老實說，這種會議每次都讓真介覺得很鬱悶，因為總會有一兩個同事得意洋洋的報告自己的豐功偉績，真介聽來卻不舒服。雖然明知道以自己的立場沒有資格提出任何批判，但總覺得像這樣齊聚一堂，眉飛色舞的討論又砍掉對方公司多少員工，實在殘酷到讓人無法承受。

昨晚入睡前，她淡淡的說，如果手上這個企畫案成功的話，就要開始找新工作了。

真介有點訝異。「妳沒被裁員，為什麼要辭職呢？」

她笑了笑，回答：「對公司那種執著、認同的心意，似乎一旦受了挫折就再也無法挽回。而且就算繼續留在這樣的公司裡，大概也不會有什麼美好的將來吧。」

的確，以這家建材公司的現況來看，她現在所待的營業企畫推廣部，應該不會有什麼美好的未來了，因為該部門的員工差不多都要被解雇了。

可是話說回來，讓她落入這個下場的劊子手，不就是自己嗎？

真介覺得有點尷尬。

不過，她看著真介說：「別一副垂頭喪氣的樣子，又不是你的錯。」

被她這麼一說，覺得胸口熱了起來。低下頭來搔她癢，弄得她身子扭來扭去，咯咯笑個不停，想要躲開。

他知道自己是受了戀愛的影響。但還是不禁陷入沉思，在這眾多被裁員的對象之中，有多少像陽子一樣的人呢？

「真介。」

一瞬間，反應不過來。

「喂！真介。」

這才回過神來，看了一下四周，會議室中的每個人都盯著他看。

高橋有點不太高興。「這麼重要的會議，你在發什麼呆？換你報告了。」

慌亂的看著資料，好不容易把心收回來，開始報告。

真介負責的部分有三十人，其中七人願意自動離職。以目標值來說，達成了三分之一，以第一階段的成果而言還算過得去。

但高橋眼睛盯著真介提供的資料問：「你覺得，這個叫緒方紀夫的怎麼樣？」

提到這個人，可真是讓人印象深刻。像他這種怪胎，恐怕是真介從事這工作五年來所見過最特別的。

緒方紀夫嗎……真介不知為何有些手足無措。「您的意思是？」

高橋突然抬起頭，看了真介一眼。他臉上一閃而過的微妙表情，真介心裡有數。想必老闆也感到奇怪吧，因為自己從來不曾用過這種反問的口氣跟他說話。

不過，高橋並不追究，而是單純針對問題的核心提出看法：「在你負責的案子當中，這個緒方的薪水特別高。但是以一個產品開發者來說，他這幾年來對公司的貢獻，卻只達到新進員工的標準。你明白我的意思嗎？」

「是。」

職位高，年紀大，越是負擔沉重的，越是公司亟欲裁撤的對象。一樣是節流，拿這些人開刀對公司來說不僅較有利，也可作為其他被列入裁員名單者的範本。

「可是這位緒方先生，在第一次面談時，看起來似乎完全不同意任何一項自動離職的條件。只要提到離職的事，他就堅決抵抗。」

「想辦法說服他。這是你的工作，不是嗎？」

「話是這麼說沒錯。」

「你能具體說明他用什麼樣的方式堅決抵抗嗎？」

他猶豫了一下，結果還是據實回答：「例如突然哭得很大聲，一邊哭一邊抗議公司處置方式有問題，完全不在意旁邊還有一位女助理在場。」

同事們聽了也都議論紛紛。雖然偶爾有男性職員會哭，但旁邊有女性在場卻能毫不在意大聲哭出來的，恐怕不多。

嗯，高橋沉吟。「也就是說很難搞嗎？」

很難搞……是難搞嗎？好像哪裡不對勁，卻又說不上來。於是真介只好回答：「至少表面上看來是這樣。」

然後，高橋望著真介說：「唉，這些搞創意的就是這樣。」

真介不禁盯著老闆看，這樣的回答實在溫和得出人意料之外，但真介覺得他這話裡的意思，並不是說從事創意工作的人因為不善與人溝通所以難搞。

正想問個清楚，結果高橋已經做出結論：「總之，在第二階段面談告一段落之前，還是由你負責。到時候，如果你的成績不能達到標準值的話，再由我來接手。」

5

今天是星期六。

陽子站在新宿車站的東南出口。約定的時間是上午十一點半。

看了一下手錶，二十三分。在FLAGS大樓前的菸灰缸內抖落一些菸灰。想一想，實在有些不可思議，或者應該說是太荒唐？

才不過兩個月前，彼此之間只是面談者和接受面談者的身分。當初因為想進一步了解公司將如何處置自己而約他出來見面，就是站在這裡等他。哪知道，竟然就此一步步被他突破防線，甚至在第一次正式約會後就讓他登堂入室，還和他同眠共枕。

這樣的開始真是太過隨便了。

何況，陽子一想到辭去目前的工作之後的處境，更覺得現在實在不是談論兒女私情的時候。

過了三十五歲才要換工作，不是只有翻翻雜誌、隨便填填履歷去應徵就行的。在經濟如此不景氣的時刻，若是要轉換一個從來不曾嘗試過的行業，恐怕相當困難。最理想的莫過於利用現有的人脈關係，進入業界的其他公司。如此一來，一方面可以運用過去的經歷，一方面又能受到新公司重用。

其實好多年前就有同行的公司想要挖角，希望她能到他們公司負責公關宣傳或促銷活動方面的業務。當時，因為完全不曾考慮過要離開現在的公司，就隨便敷衍了幾句。

不知道那一番話現在還算不算數？一邊想著，一邊弄熄了菸蒂。也罷。就算要去和對方談這件事，也得先把目前的企畫案搞得有聲有色，獲得空前的業績才是最重要的吧。未來充滿了變數，但是至少已經確定了什麼事應該先進行，就不用杞人憂天了，船到橋頭自然直囉。

二十五分，剪票口擁擠的人潮之中，對方出現了。

憑著他走路的老樣子，一眼就認了出來。還是第一次看他穿便服呢，是休閒路線。深橄欖綠的棉質長褲、耐吉的黑色球鞋、暗紅色的T恤上披了一件黑白格子襯衫。樸實的配色，正好襯托出他修長的身材。

不知為何，村上一臉得意，雀躍的走了過來。

應該是因為今天的穿著吧。他自己知道這樣的打扮最舒服、最合適，所以走起路來也神清氣爽。陽子忍不住想笑，緊緊咬著下唇。

不知該怎麼形容比較恰當，有時覺得他有一點搞笑，或者可以說是可愛吧。所以，即使他在床上有些變態的要求，都讓陽子不忍拒絕。

村上走到陽子面前，露出燦爛的笑容。「發生了什麼有趣的事嗎？」

「嗯？」

「看你笑成那樣子。」

「還好啦。」

村上沒再多說些什麼。「我們走吧。」他伸出左手對陽子說。

陽子回過神時，發現自己已經很自然的牽住他的手了。兩個人似乎一夜之間就培養出絕佳的默契。

手牽手，一起往車站前的甲州街道三丁目走去。他們今天要去的是御苑大通上的一家印度餐館。聽村上說他以前去過。

「雖然早了一點，不過妳不反對的話，我們去那裡吃午飯吧。」

綠燈一亮，所有車輛都加速前進。村上還是一副春風得意的樣子，陽子走內側，村上靠車道而行。

到了四丁目路口，在行人穿越道上和對向的人群擦身而過。其中，有幾個女人走過的時候偷瞄了他們好幾眼，應該是對他們外表上的年齡差距感到好奇吧。

陽子心裡想，管他的，想看就看吧。斜眼瞧了一下村上的表情，他依然滿臉笑意。

現在回想起來，每次的吃飯地點，他似乎老早就在心裡盤算好了。雖然在路上也有些餐廳看起來還不錯，但他總是看都不看，專心一意的往目標前進。

「我們每次吃的都是亞洲菜，而且都是熱帶地區呢。」陽子問：「你特別愛吃嗎？」

嗯，村上看了一下路標，「應該是吧。」

看他心不在焉的樣子，陽子偷偷忍住笑意。原來他故意裝得很輕鬆，其實心裡一邊忙著認路，一邊在計畫吃過飯後該去哪裡吧。

到底還是鄉下來的。

陽子這麼想，並沒有任何惡意，她反而覺得對方這樣的表現是出於對自己的用心。只是，這個男人好像還不曾直呼她的名字，談話時的用字遣詞也還很客氣。兩人之間，雖然就那麼一次，也算是有過肌膚之親了，可是彼此除了牽手之外，就沒有再進一步的親密動作了。

其實，自己還不是一樣，似乎在某些地方刻意和這男人保持一點點距離。大概就是所謂的露水姻緣吧。彼此之間的差異實在太大，沒多久就會分了吧。

才剛剛走到御苑大通，新宿二丁目的號誌燈轉綠，一陣高亢的聲音響起，前方一輛黑色機車像子彈一樣飛奔而去。車後的四支排氣管冒出白色煙霧，從眼前呼嘯而過，瞬間消失在前方轉彎處。

那高高翹起前輪的特技……叫作什麼呢？對了，叫做「wheelie」。

陽子回頭一看，村上還站在那裡，呆呆望著機車消失的方向，微微揚起嘴角。

「真是危險！在這種人多的地方。」

「是啊。」村上幽幽說著，「而且技術超爛的。」

啊？

6

隔週的星期三，上午八點。

度過一個愉快的週末假期，連續三天都要進行第二階段的面談。到昨天為止，又有三人願意在半年之後自動離職，算是達到標準了。所以今天早上稍微鬆了一口氣，前往川口市的Bakara。接下來的工作就是善後，剩下的那些人辭不辭都無所謂了。

一如往常，開始面談之前先到人事部去。以真介為首，共有五名面談官和人事部長在會議室裡，一起針對今天的面談對象做討論。

真介坐下來，看了自己的班表：中午之前有兩位，營業部的小倉和黑田；下午有三位，總務部的山下，滿田，還有開發部的緒方……那傢伙。

輪到真介的時候，人事部長說：「對了，村上先生，最後那一位叫緒方的，就不必再談了。」

「咦？」

「其實昨晚，開發部那邊有人來拜託，因為緒方畢竟曾經有過優異的表現，希望我們能讓他留下來。」部長繼續說：「而且，到昨天的第二次面談為止，差不多已經達到這次預計裁撤的人數，光是開發部，也裁了不少人……」

據說事情是這樣的——上星期面談結束之後，緒方就直接去找開發部長。他表示，即使是減薪、降職都無所謂，無論如何希望能讓他留下來，因為他太愛這分工作了。接著還是一樣，不顧一切的嚎啕大哭。

結果開發部長好像也拿他沒輒，只好和人事部長商量，下一次開始薪水減少二成，職位由研究主任降為研究員，才把事情搞定。聽說緒方雖然受到這種處置，還是每天高高興興的上班。

是這樣的吧，真介心裡想，緒方應該就是那種只要能做自己想做的，就可以得到滿足的類型吧。這樣的人，其實很幸福。

會議結束，真介一邊前往面談室的同時，臉上還帶著笑。

正好是上星期三吧，當老闆問到緒方的事，自己突然覺得手足無措，並不是因為自己無法對他循循善誘，也不是因為自己無法了解他的行為舉止，更不是因為擔心自己無法達到業績標準。其實是因為發現了一件事。

自己真正恍然大悟的那一刻，是上星期六在新宿二丁目的路口。一輛機車噴著二行程特有的白煙由眼前呼嘯而過，那是 **SUZUKI** 的 **RG GAMMA 400**（鈴木戰馬）。重一百五十公斤，超過八十匹馬力、四汽缸的二行程引擎，高扭力特性，沒有比這個更難駕馭的了。速度超快，在所有速度超過二百五十公里、以及瞬間加速（時速由〇到一百、一百到一百五十公里）表現的領域之中應該是所向無敵的吧。

可是不管它的性能多優越，都需要懂得駕馭的人。在二丁目路口看到的那個機車騎士，顯然是被車牽著走，沒有什麼比這個更危險的了。

真介再清楚不過了。因為，他以前也騎過這種車。

足払，位於北海道的北部，是一個什麼都沒有的鄉下地方。
真的是什麼也沒有。
少年時期唯一的樂趣，就是夏天到野外遊玩。也正是在那時候第一次看見，鄂霍次克海沿線的國道二三八號上，一群群的機車族。這些成群結隊翻山越嶺的越野機車族，由北到南、由南到北奔馳。
孩子們都認為這些人是由內地（本州地區）來的，短暫的夏天裡，沿路發出震天價響的排氣噪音，瀟灑的離去。速度好快，模樣真是酷啊。
當時的真介，就只能遠遠的望著他們，心中無限憧憬。當他一滿十六歲，馬上去考了駕照。在加油站打工半年，用賺來的錢買了一輛中古的 KAWASAKI GPZ 400，花了二十五萬。第一次騎上那輛車的感動，至今仍記憶鮮明。
時速七十公里。
覺得和風融為一體，彷彿進入了異次元。
時速一百公里。
大氣中的細小微粒，幾乎要穿透他的胸口。
時速一百二十公里。
完全失去重力的感覺，身子變得輕飄飄的。
時速一百四十公里。
過去十六年生活中的點點滴滴，在眼前一幕幕閃過。

時速超過一百六十公里。多餘的東西似乎一一消失不見，產生了錯覺，遠處的路標竟然慢慢往自己靠近。一瞬間，像是有了神的指引，眼前閃過一道白光。

人車一體，帶來的是無上的興奮感，所以總是騎到夜幕低垂才肯罷手。

鄉下地方的高中生，個個年輕氣盛，馬上就找到許多同好。他們在車流量不高的大馬路上競速，真介是最快的一個。他們也和來到附近露營的車隊比賽，結果一點也不遜色。

「你騎得很不錯喔。」

已經不只一次聽到別人這麼說了。

他想要騎得更快。現在回想起來也許有些幼稚，但或許正因為如此而讓他的小小心願發了芽。

十七歲那年夏天，到機車行用 GPZ 400 換了一輛 HONDA FT 400。FT 400 的中古車價比 GPZ 400 還便宜，也比較少人騎，是針對「Dirt Track」越野車賽的車款。機車雜誌中也提過，全世界頂尖的職業騎士大多由 Dirt Track 發跡。他們在坑坑洞洞、塵土飛揚的賽場上（Dirt Course）磨練各種技巧，才正式轉為賽車手。

想要坑坑洞洞的練習場，這個北國大地多的是。於是他繼續在加油站打工，把賺來的錢拿去加油、修車。到了大雪紛飛的冬季，就把零組件拆了又裝，或觀看世界車賽的影片，在心裡不斷模擬練習。

十八歲的春天，終於又換了一輛 SUZUKI 的 RG GAMMA 400，練習 Dirt Course 也有不錯的進展。到了車隊即將來訪的季節時，差不多已經能用自己的方式駕馭那匹戰馬了。

有了十足的自信後，真介暗自下定決心：我要上大學，而且是國立的筑波大學。

真介的父母本來就希望他能去念大學。每次只要談到真介的將來，父親就會告訴他，待在這種鄉下地方不會有出息，無論如何都應該到大都市去闖闖，去念書。

但是，幾乎沒有一個高中生能脫離他們這個凋零的礦區小鎮。真介相當清楚自己的家境。如果能進國立筑波大學的話，學費、住宿費都便宜，最重要的是——那裡離筑波競賽場很近。在足払這個小地方，真介是最快的，可是一旦到了內地，比他更快的好手一定更多。總之，他想參加各種比賽，試試自己的能耐，他想進入更大的舞臺，駕馭他心愛的機車，任意馳騁。

他對父母提出想念大學的意願，卻隱瞞了真正的目的。父母親對他的決定顯然非常高興，答應由拮据的家用中撥一些錢給他當學費和零用錢。

竟然撒了謊。

內心充滿羞愧。雖然參加比賽才是他主要的目標，但為了雙親，大學四年也必須好好念完。說來有點可笑，但當時是真的想考大學。不，應該說只要可以去筑波，要他考什麼都行。就算同學們冷嘲熱諷也無所謂，那年夏天結束之後，他就開始拚命用功。

隔年，即將滿十九歲的四月上旬，他的成績剛好低空飛過，如願進了大學。

玩車相當花錢。所以他在保持不被當掉的情況下，努力打工，開始往練習場跑。同時，他參加了筑波大學的賽車社團，並且馬上成為社團中最頂尖的一分子。只要賽車場有任何比賽，他絕不錯過。

結果，耐人尋味。

他雖然不算慢，但也不是最快的。到了內地，就算是非正式比賽，也有不少高手。剛開始的半年之中，每次總是和前三名擦身而過。即便如此，他還是把身上所剩不多的錢都貢獻給練習場。到最後口袋空空了，只好騎著那輛破破爛爛的 GAMMA 400，奔馳在黑夜中的筑波山上。

一年過去了。第二年快過完的時候，終於升到 Junior 初階等級，參加了 GP250 賽事，一步步擠進了排名內。

大學三年級夏天，總算在筑波道路賽 GP250 第三階段中，登上了寶座。之後乘勝追擊，獲得 Constant 獎。當時整體的經濟景氣還不錯，當地又因為「筑波科學園區」的穩定發展，吸引了一些建設公司或經營加油站的石化企業提供贊助。

這些因素使他陷得更深，連做夢都會聞到機油和車輪在高溫下散發出的獨特味道。

大學四年級的夏天，有件事讓他舉棋不定。系上的同學差不多都在準備找工作了，然而他還在猶豫。考慮很久，終於做出決定。

再過一陣子吧，只要再過一陣子，或許就能成為職業選手了。因此沒急著找工作，一樣靠著打工過日子，將全部的重心放在賽車上。

畢業那年，好多同學像是集體就業一樣去了東京。

真介依然留在筑波打工。那一年舉辦了全國性的活動，他進入 MFJ 主辦的全日本道路賽 250 級的比賽，還轉戰各地，如菅生 SportsLand、鈴鹿 Circuit 等等。隔年也是一樣，以同樣等級到各地參賽，在全日本選手排名之中累積了相當優異的戰績。

他一直在等待，等待一個可以正式支薪的資格。儘管不多，卻是成為職業選手的第一步。

可是——HONDA、YAMAHA、SUZUKI、KAWASAKI……無論他多麼引頸企盼，還是等不到任何團隊的邀約，他只能以私人身分繼續在場上努力。

二十四歲，在這個圈內已經不算年輕了。此外，還有一件事實，他雖然隱隱約約感覺到了，卻不願正視的事實：真介在場上的表現，基本上可以說是完美，每一種基本動作他都做得很確實。可是，即便他使盡全力，後面還是不斷有人追趕上來。烈陽下的柏油路面、觀眾席上的吶喊、汗水淋漓的安全帽下，一再重複上演的追逐賽。死命追趕、不知恐懼為何物的拚命三郎，一個個由身邊呼嘯而去。

真介看得很明白。明知道他們的基本動作不如己，漏洞百出，可是他們在轉彎時，卻幾乎和真介保持一樣的速度。這些幾乎都是十幾、二十歲的年輕小伙子。

雖然他們還不夠成熟、動作有些粗糙，但是在速度上還有成長的空間；相對而言，自己卻是盡了最大努力，才好不容易可以迎頭趕上。

現在想想，在場上觀察等著挖掘好手的人也並非傻瓜，他們不只看比賽結果，還會注意過程中各種細節。

將滿二十五歲那年春天，領隊的經理終於忍不住對他說：「村上，算了吧。也差不多是時候了。」

他是出於真心勸他罷手。這個經理當初也很想成為職業選手，卻一直闖不出什麼名堂，最後實在是愛到無法放棄，只好擔任私人團隊的領隊經理，領著微薄的薪水。現在都四十歲了，還一個人住在便宜的學生套房裡。

「你好歹也是知名大學畢業的，現在回頭還來得及。應該夠了吧。」

儘管如此，還是不願輕易放棄。對真介而言，機車和各種比賽是他過去十年來的全部，他將所有的金錢和時間都花在這上面，連女朋友都不敢交。所以，他拚命拜託經理讓他留下來，他會努力打工負責自己的開銷，甚至降級都無所謂。就像緒方向開發部長哭著求情一樣。

但是，一切就到此為止了。

經理非常堅持己見，真介還是死命拜託不肯罷休。

終於，經理提出一個妥協方案。「條件是，你必須先去東京找一分正職，確保今後生活無虞。那麼，每星期六日你就可以用候補選手的身分來賽場。」

這樣的條件對他來說是屈辱，但他還是照做了。他進了位於新橋、頗具規模的廣告公司，只有週末才能到賽車場去。為了方便搬運所有賽車用具，還買了一輛中古車 INTEGRA。

可是一年、兩年過去了，漸漸的，到了週末也等不到經理的邀約。或許他一開始就這麼打算了吧，要慢慢讓真介完全脫離這個圈子。

每個月有固定收入之後，日子確實比以前好過多了，但是心情卻越來越煩躁。他的心裡有一塊空缺，無論如何都無法填補，寂寞空虛向他襲捲而來。不知不覺中，開始藉由男女關係及肉體上的快樂來尋求慰藉。不管是聯誼、交友、一夜情，通通不放過。對工作的態度，也是做得剛剛好就算了。所以後來才會被炒魷魚，因緣際會進了現在這家公司。

一直到那時候，他才覺醒。他終於恍然大悟，自己根本是在逃避現實，欺騙自己。就像手中玩具被搶走的孩子一樣，一個勁兒在鬧彆扭。

日子終究要過下去，孩子終究得長大，面對自己未來的人生。他開始認真對待自己的工作。那個圈子，是再也回不去的了。當他有了這層領悟時，竟然不再有興趣亂搞男女關係，只對有意進一步交往的對象提出邀約。

一邊下樓梯，一邊看錶：八點四十五分。真介往走廊盡頭的小會議室走去，那裡目前暫時做為他的面談室。

他心裡明白，為了繼續做自己喜歡的工作、不顧他人異樣眼光的緒方，那個熱愛玩具的男人，真介在他身上看到自己所缺乏的堅定意志。

他並不羨慕，但他暗自在心裡祈求，想著到底該如何給這個傻呼呼的傢伙一條路走。所以當老闆高橋一提到緒方，他就變得手足無措。

臉上帶著微笑，來到會議室前，打開門。

「啊！早啊。」川田穿著淺咖啡色套裝，聲音還是一樣慵懶。不過真介反而因此感到安心許多，也對她說了聲：「早。」

嗯？川田又是一臉疑惑。「村上先生，您今天的心情很不錯哦。」

「還可以。」

是啊。雖然找不回失去的夢想了，可是，該怎麼說呢……現在擁有一分可以讓自己常常檢討深思的工作，有一個想要長相廝守的對象，還有一位相處融洽、總是呆坐一旁的美麗助理。

儘管心情偶爾還是搖擺不定，事實上，這樣的生活也不算太壞。

第三部

老朋友

1

走到訪客專用的停車場，上了車，打開駕駛座的窗戶。

「那就這樣囉。」陽子從車窗外看著真介說。

嗯。真介也點頭回應。

老實說，他還想在她家多待一會兒。看看儀表板上的時間，已經是星期一凌晨十二點。陽子今天要出差，搭早上八點半的新幹線。

她說，這一趟主要是到西半部，出差時間兩週左右，要拜訪名古屋以西的各家合作廠商。首先要到中部地區的木曾，再轉往大阪、丹波、和歌山，然後到四國。拜訪過吉野川流域到室戶岬之後，還要到九州宮崎偏僻的椎葉村。她專程跑這一趟，就是為了和各家業者進一步協商。因為她花了兩年推動的企畫案，已經進入最後階段了。

「我已經做好最壞的打算了。萬一不行的話，我會和他們同歸於盡。」

聽她故意粗聲粗氣這麼說，真覺得好笑。看起來氣勢還不錯。同時也可以感受到，這應該是她的關鍵時刻。她對現在的公司已經死心了，為了要走下一步，必須趁現在多累積一些業績和實力。

真介非常佩服她。這個大自己八歲的女人，無論面對任何事絕不輕易示弱，不隨便掉淚，恐怕非必要也絕不假手他人吧。

「我說……」不知不覺開了口。深夜的停車場內，沒有半個人。「妳把頭低下來一點。」

「為什麼？」

「我想親妳。」

陽子笑出來。「你好討厭喔。」

嘴上這麼說，還是兩手撐在窗框把頭伸了進去。真介高興的用手圈著她的脖子，給她一個熱吻。

交往至今兩個月了。其實，彼此之間並不曾提起要交往的事，每次總是碰面後就順便定了下次約會的時間，而且約會的時候一定發生關係，就這樣持續了兩個月。

今天也一樣。

他們上週末就約好了，中午之前先到她住的地方，再一起去深大寺的蕎麥麵店吃午餐。回程的時候，順便到超市買晚餐回家煮。因為將分開兩個禮拜，所以一到她的住處，真介馬上把她壓倒在床上，她本來還掙扎著覺得全身臭汗，不想做，結果在真介半強迫下脫了她的上衣，不斷挑逗撫弄，她便突然興致高昂起來。

兩個鐘頭過後，第一回合結束時，天色已經暗了。

兩人一起做飯、喝點小酒，將盤中食物一掃而空之後，又一起洗碗，然後馬上去刷了牙。這是他們之間的默契——晚上做愛之前，一定先幫彼此刷牙，再一起上床，展開第二回合。

正吻得難分難捨的時候，陽子把臉移開，微微側著頭說：「我每兩天打一次電話給你。」

「每天打也可以啊。」真介回答：「然後差不多每三天我就要一邊聽妳的聲音一邊打手槍。」

陽子笑到彎腰。

你這個變態。

那就下週六囉。

嗯。

真介發動車子，開出停車場之前瞄了一眼後照鏡，看見陽子正站在門口高舉雙臂，用力揮舞。那樣子真是迷人啊。

從陽子的住處，到真介住的武藏野市玉川上水附近，差不多有七、八公里。感覺上有一段距離，其實還滿近的。深夜裡，如果是由小金井經過五日市街道的話，大概十分鐘就到了。

停好車，開了公寓大門。放下車鑰匙，正要脫衣服的時候，目光停在桌上的文件夾。

厚厚一大本資料，是一個星期前拿到的，這次提出委託的是HIKARI銀行。關於這家銀行的基本概要，在兩個星期前開會時就有初步的了解。沒記錯的話，好多年前也在報紙上看過關於他們的報導。

過去的大財團「安井銀行」和「三友銀行」合併之後，一舉成為國內第二大集團。合併時的出資比例是安井百分之五十一、三友百分之四十九，資本額五千二百億元，總資產九十三兆五千七百萬元，員工二萬四千人。自有資本比率占百分之十點九，達到國際統一基準。

真介公司這次負責刪減的對象，是這家銀行的電匯部門員工。光是這個部門的員工就有兩百多名。

進一步的資料，五天前老闆高橋已經說明過了。

高橋在會議中說：「……銀行，尤其是都市銀行等級的，通常要裁撤員工的話，會在自己內部作業，有時候還會成立專責部門來處理這些問題。」

說完環顧了一下在座每個員工。

「這樣說或許有些不恰當，但合併後有許多部門的人員就變成多餘的。他們大多是一些三、四十歲的男職員，銀行合併後就失去原有的職位，可以說是人事鬥爭下的被害者。而新成立的人事部門裡，混雜了安井銀行和三友銀行的老員工，難免會有派系的問題……」

接下來的內容，真介不用聽也知道。

也就是說，如果讓合併後的人事部門處理裁員工作，負責面談的人難免會受到派系的影響，寬待自己人、挑剔其他人，藉以鞏固並確保自己在公司的地位。為了防止這樣的弊端，再加上老闆高橋的說服力，裁員的重責大任於是交給了真介他們公司。事情的始末大致上就是這樣。

明天將展開電匯部門第一階段的面談。裁員名單共一百二十名，炒魷魚株式會社的工作就是在第三階段面談之前裁掉其中的六十名。真介負責面談其中的二十名。

進浴室洗把臉，真介拿起桌上的文件夾，點了床頭燈，鑽進被窩裡翻著資料看，又嘆了一口氣。

想著明天的面談工作，稍稍振作了一點。

畢竟這次的客戶大有來頭，員工人數超出真介公司一千五百倍，資本額則是三萬倍以上。以一般世俗的眼光看來，這樣的大銀行算是社會的中堅。如果這次的案子成功了，對公司的名氣、社會信用提升都有相當的幫助。雖然真介不是老闆，但一想到公司可以因而信用增加、經營穩定，也不禁興奮起來。

可是，讓他嘆氣的另有其他原因。

現在真介的手停在資料中的某一頁。

其實，他在辦公室裡第一次看到這一頁的時候也是這樣，不知不覺就停了下來。

那分履歷的右上角貼了一張似曾相識的照片。視線移到姓名欄，上面寫著……池田昌男……好像在哪裡聽過，不過卻怎麼也想不起來是誰，應該是很久以前見過的吧。再繼續往下看，出生年月日……和真介同年。大概是學生時代認識的。看了學經歷——一橋大學經濟系畢業，北海道足払高中畢業。

總算想起來了。

2

到這個部門差不多一年了。

這裡死氣沉沉的，覺得自己也快跟著腐敗了。

池田昌男，隸屬於HIKARI銀行總行電匯部北美課，擔任西部時區主任。主要工作是負責處理由紐約、達拉斯、洛杉磯、蒙特婁、溫哥華等北美地區送來的英文資料，再配合東部、中部、西部各地的標準時間，當天之內匯款給對方銀行，或是接受對方匯款。其他還有調整當地剩餘資金或海外資金準備工作等附加業務。

說到這分工作，昌男只有苦笑。

在外人看來，這似乎是一個需要專業、充滿國際色彩的部門。其實根本不是這麼一回事。只要具備基本的英文讀寫能力，能夠大概預估帳簿上的剩餘資金，誰都有辦法勝任這分工作，至少昌男是這麼認為的。例如現在手邊這分課長交代下來的資料，國內某企業開出一張三百萬美金的支票，後天要兌現，所以必須通知西雅圖分行準備款項，再確認總行的準備金是否足夠。做完這些，上午的業務就算大致完成了。

「池田主任，這分資料該怎麼處理呢？」

鄰座一位入行才兩年的女職員提出疑問。他看了一下之後，給予適當的指示。這時候，北美課的課長剛從十樓回來。

十樓有大大小小好幾個會議室，今天開始，那裡要當作面談室。課長嘆了好大一口氣，在自己位子上坐下。油得發亮的眉頭緊緊皺著，擠出幾條深深的皺紋。看他的樣子，誰都猜得出面談結果如何。他在神田支店擔任支店長時曾收受賄款，還和往來客戶的老婆有一腿。昌男隱忍著笑，因為他最討厭這個上司。

課長之後，輪到隔壁的主任要去面談了。他重新打好領帶，往門口走去。主任比昌男早二期，平常是穩重和藹的前輩，可是只要一喝了酒，就會完全變了個樣。當初在大宮支店負責對外招待時，曾經有好幾次失態，所以才會被轉調到這裡來。他現在也準備去十樓了。

「喂！池田。」

部長在叫他。

邊回答邊站了起來，走到最後方的部長辦公桌。

部長桌上有一杯茶，還在冒著煙。他和平常一樣雙手拿著報紙，邊看邊問：「池田，上星期叫你做的準備金申請書，進行得怎麼樣了？」

「報告部長，我做完初稿之後，就交給行政組去做正式的書面資料了。」

他偷偷瞧了一眼部長的桌面，有一分看起來很眼熟的資料，就放在部長批閱過的那疊文件最上面。

部長這時才抬起頭來，瞪著昌男說：「我知道。可是我既然指派你去做，你就應該全權負責，親自完成之後直接交來給我才對，不是嗎？」

你說的那是什麼話?你這傢伙。

其實是那天承辦的主任剛好休假，部長就要昌男代他處理，還說資料的提報五天之內完成就可以了。他一聽覺得納悶，如果不趕時間，為什麼不等負責的人明天來了再說?何必特別找我來插一腳?這原本就不是我分內的工作。

部長這個人的個性，就是一想到什麼，一定要立刻找到人去進行。他不管負責的那個人在不在，當然也不通知原本的負責人，已經有人代辦了。所以，常常會發生分屬不同部門的人執行同一件任務的糗事，各課的工作分配也總是雜亂無章。

所以當天部長交代下來的時候，昌男也沒多做反駁。他默默的把初稿打好後，隔天便轉交給原來的承辦人，而對方也向他表達了謝意。

如此妥善的處置，照理說，不該受到任何責難才對。

「你說是吧，池田?」部長繼續說：「你們這些人就是這樣，工作接了就接了，要換人做也應該先跟我報告啊，不是嗎?」

你這傢伙。接著便想通了，原來他根本不把我們這些人放在眼裡。

舊安井銀行時代，部長差不多三十多歲時就前往紐約擔任支店長了，在他們同期之中的表現算是最優異的。不管是第五大道上的土地買賣，或是連唐諾川普也辦不到的企業合併，都難不倒他。他的照片不知被刊登在紐約時報上多少次了。

然而，他的光榮事蹟卻隨著泡沫經濟一起破滅沉寂。銀行名下有一筆巨額的不良債券，在董事會互相推卸責任的情況下，他被調回總行，安插在這個部門。十五年來，他就只能頂著這個部長頭銜，毫無用武之地。銀行合併後，更是被晾著等退休了。

中午之前，不管下屬忙得多麼不可開交，他都一副事不關己的樣子，顧著看他的三分報紙：日經金融新聞、日經產業新聞、日經流通新聞。只要桌上的茶冷了，就馬上叫身邊的女職員重新泡一杯，對方的反應如果稍微慢了，他就大發雷霆，所以他桌上的茶杯總是冒著熱氣。總之，是個完全只考慮自己的方便，對部下頤指氣使、亂下指令的傢伙。女職員背地裡都稱他為「怪人」。

昌男認為，他從前應該不是這副模樣，至少在泡沫經濟害他變得如此潦倒之前，應該是一位有為的銀行家。所謂的有為，當然不單指公事，還包括了待人處事的修為，否則怎麼能夠年紀輕輕就當上紐約支店長。

昌男常常在想，人一旦陷入困境無法自拔，是不是時間一久，就會變成自暴自棄的一灘爛泥？

其實，現在這個部門裡，就有很多陷入困境的人。昌男總覺得在這裡待久了，應該會變得和他們一樣吧。

回過神來，部長已經結束他的長篇大論了，愁眉苦臉的看著昌男。

「對不起，我以後會注意的。」

向部長低頭致意之後回到自己的座位，這才發現，坐在對面的佐藤正看著他。「池田先生，那種人講的話，你可別放在心上。」她稍微靠向他小聲的說：「他頭腦有毛病。」

昌男笑了。

他很欣賞佐藤坦率開朗的性格，她做事總是乾淨俐落、不拖泥帶水，不時為這個死氣沉沉的辦公室帶來一點生氣，可以說是北美課的救星吧。昌男調到這裡以後才知道，這個佐藤妙子其實是和自己同期進入銀行的。不過因為她只有高中畢業，所以小自己四歲，今年才二十九歲。她在這個部門已經五年了，現在是昌男的部下。

「我知道。」

「上次那件事，他還在記恨。」

也許吧。

差不多是三個月前發生的事。

每週三是這間銀行的「不加班日」，所以每個月會有一天，固定由部長主辦「研討會」。現在大多數企業也有類似的活動。

所謂的研討會，其實就是大家一起到酒館，邊喝酒邊談論其他部門的是非罷了。有時去酒家，有時去居酒屋，由課長級以下大約三十名主管齊聚一堂，對部長的任何舉動都報以熱烈的回應，每個人的嘴臉都很醜惡。部長被捧得洋洋得意，露出平日在辦公室難得一見的笑容，高談闊論。除了醜惡之外，還讓人感到可笑至極。

昌男參加這樣的研討會，沒有一次真正感覺到愉快。其他的主任或課長級同事大概也都一樣，沒有人是真心想參加的。可是和其他營業或企畫部門相比，他們這種不容易看出個人能力的職業性質，未來升遷和獎金必須完全仰賴上司給的考績。他們都有妻兒子女，有房貸壓力，在這種不景氣的時刻一旦失業了，想再找個相同待遇的工作難如登天。所以這些步入中年的主管們，只能死命巴結討好部長。

昌男也是被迫參加聚會的其中一人。畢竟家裡有一個結縭五年的妻子，他也怕考績太差，影響前途。

就算是傻子，也會陪笑吧。在那無聊透頂的聚會中，心裡苦笑著安慰自己。

那一天也一樣。

大約三個月前的某個星期三，照例又是研討會的日子。適逢年度及月底的總結算，那一天資金進出頻繁，一大早就忙得焦頭爛額。但不論怎樣加快腳步，案子一件接著一件，處理不完，到了快下班前還是一樣。

終於──五點五十五分，距離下班只剩五分鐘。

一如往常，部長又大聲招呼了：「喂！你們慢吞吞的在幹嘛？整理整理差不多該走囉！」

全辦公室只有部長一個人老早就把桌上的東西收得乾乾淨淨，披上了風衣，坐在位子上翹腳等待。課長階級以下的每個員工，大家都還是忙得不得了。昌男也是其中之一，連吃午餐的時間都沒有，一整天和下屬們馬不停蹄的處理大量文件。

每次只要遇到這樣的日子，不用說，一定特別忙。部長明明知道，還安排什麼研討會，真不知道他心裡在想什麼。

六點整。辦公室的廣播宣布今天的營業即將結束。

部長站了起來，開始大吼：「喂！走了！位子都已經訂好了，還不快點。剩下的工作交給其他人去做就行了。」

課長級的主管勉強站起來開始收拾，主任級的也一樣。

女職員們依然忙著手邊的工作，因為在這個部門裡她們不可能晉升至主任以上的職位，所以也從未受邀參加研討會。以今天的工作量來看，就算全員出動也得做到晚上十點，如果只剩這些女職員，恐怕要到半夜才做得完。她們不只拿不到加班費，趕不上最後一班電車的話，連搭計程車的費用都要自己付呢。

部長拿起了公事包。「走吧，走吧！這可是一個月才辦一次的研討會喔。」

眼前是咬著牙處理文件的佐藤妙子，她旁邊那個女職員進銀行快兩年了，也哭喪著臉。又想到每個月聚會時，他們那種囂張喧鬧的樣子……昌男的心裡越來越不舒坦。

雖然發現同部門的課長和兩個主任都已經站了起來，他還是繼續默默做他的工作。

「池田！走了。」

聽到課長在叫他，昌男沒有反應。

「走吧，池田。」

中部時區的主任也開始催促他，昌男仍然埋頭專心做事，手指在鍵盤上敲敲打打，又過了好一會兒。

「池田，別搞了，快點走了。」有人在他身後小聲的說：「部長往這邊看了。」

依然無動於衷，繼續做事。反正他們喝酒一定會續攤，喝完一家再一家，一直到深夜為止。

「你們先去吧，等我做得差不多了，再去找你們。」

「喂！池田……」

「總之，現在這個比較重要。」

我這是在鬧彆扭嗎?他一邊打電腦，一邊思考著。我是真心想當個正義使者，還是故意在這些女職員面前耍帥而已?是自我陶醉嗎?是虛榮心作祟嗎?

應該都不是。

無理取鬧的上司，巴結附和的同事，其實不管那家公司都存在這種人。但是他們做得太過分了，昌男覺得心中某處即將崩潰。所以不管他們怎樣催，他還是坐著不肯動。

突然感覺到有人走近，抬頭一看，部長漲紅著臉往這裡走來。

有那麼一瞬間，還以為他要撲過來了。不過，部長走到他面前停下來，俯視著他。「你別得意。」部長不屑的說：「我隨時都可以叫你走路。」

這就是三個多月前發生的那件事。後來，就沒有人再叫他去參加那個什麼研討會了。當然，他和部長之間的關係也沒有改善。

「池田先生，去吃午飯吧。」

佐藤妙子在邀他，這才發現已經十二點多了。

「我之前在附近看到一家蕎麥麵店好像不錯。」

鄰座那個女職員也不停的點頭。

「對啊，對啊!主任，我們一起去吧。」

昌男笑了一下。

自從發生那件事之後，部門裡的女職員就對他好得不得了，只要中午一到，幾乎都會找他一起吃午飯，甚至連女同事的生日會，也邀請過他二、三次。

昌男婉拒了生日會的邀請，不過看來她們從不曾邀過其他男同事。或許，她們對這些流落至此、前途無「亮」的男人根本不屑一顧吧。唯有昌男有幸能窺見她們的世界。

「走啦，一起去吧。」佐藤妙子又邀了一次。

不過昌男搖搖頭。「啊，今天不去了。我等一下吃飯前要先去一個地方，下次吧。」

佐藤癟著嘴說：「是嗎？真可惜。」

五分鐘後，昌男離開了辦公室。

在一樓出了電梯，穿過入口大廳，直接往大門走去。已經有好幾個月沒去過員工餐廳了，因為一去那裡，就會看到部長和那些拍馬屁的傢伙，而且要是偶然遇上同期同事，更是尷尬。

他走出大樓。初夏的陽光刺得昌男瞇起眼，整張臉皺在一起。

HIKARI銀行的總行位於丸之內一丁目，對面有一些其他同行的舊財團大樓，以及商業組織的辦公大樓等等。路上來來往往的上班族，個個步履急促；昌男一個人慢慢的走在對面馬路上，往皇居桔梗濠走去。

穿過一丁目，走過內崛通的斑馬線，就是皇居石牆邊的桔梗濠。沿著步道往前走，在路邊買了三明治和果汁，就在樹下的長椅坐了下來。一邊眺望著波光瀲灩的水面，一邊打開三明治。

其實剛剛對佐藤妙子說了謊。吃飯之前根本沒地方要去，只是想一個人靜一靜罷了。

吞下一口三明治，苦笑起來。覺得自己好像病了，拒絕同事的邀約，一個人躲在這裡吃飯，算是病得相當重了。幾乎有厭世的感覺。

拉開果汁的拉環，喝了一口，稍稍鬆口氣。

聽見樹上的蟬鳴。

小時候曾在書上看過，這種昆蟲會在泥土中蟄伏七年，見到陽光後只有一個星期的壽命。記得那時候，還在附近的樹林裡捉過蟬。在北海道的最北邊，只有短暫的夏天裡才看得到它們的蹤跡。

昌男出生在一個叫作足払的小鎮，父母親經營了一家小小的裝修店，店名叫「池田裝修店」。原本就是裝修工人的父親，和三名員工一起承包當地建築業者的工程，母親則負責在店面招呼客人。

父親製作的家具和門窗非常堅固耐用，用了十年以上也不會傾倒歪斜，昌男一直到現在還是認為父親所做的東西品質很好。

可是，家裡的經濟卻經常陷入困境。因為父親太頑固，加上對自己的手藝非常自負，常常只要客戶一殺價，就會大發雷霆。有時候母親為了應付客戶的無理要求，在店裡和人家周旋老半天，好不容易才擺平，結果父親一聽卻毫不考慮就斷然拒絕。

這麼一來，不只店裡的生意不好，連承包的工程也越來越少。還有，父親對員工的管理和工作分配也很不高明。

家裡最窮的時候，曾經度過白飯配醬油當正餐的日子。那時，還是孩子的昌男拚命的想，為什麼會變成這樣呢？

他不斷的思考。直到讀高中時，雖然還不能用具體的話語明確表達，但有了初步的結論——

個人的能力再強，進入團隊之中卻完全不同。做生意應該有更高明的方法才對，例如：發掘其他的銷售通路、設法降低原料價格、讓成品價格更合理。

昌男從小就很會念書，深知讀書的訣竅。他的祕訣就是，與其上課時不求甚解，傻傻做筆記，還不如認真聽懂老師講解的內容。如此一來，改天再翻開教科書時，馬上可以回想起上課的情景，而且書中的內容老師都已經講解過，回家只要再複習一次就行了。

高中畢業那年，考上一橋大學經濟系，專攻經營管理。他認為，要讀經營管理的話，除了這所大學別無選擇。

畢業後，進入合併前的三友銀行。他想在銀行印證學校教授過的一切基礎知識。

他進入日本橋支店，一開始的試用期間只能在 ATM 機器後面負責現金補給工作。後來的五年當中，輪調外匯部和貸款部，累積了不少經歷。

金錢的運作牽扯到人與人的相處，就某些層面而言，那是非常冷酷而現實的世界。他曾經處理過一個房貸遲遲繳不出來的案子，還打過幾通電話催繳。有一天，對方的老婆主動聯絡他說：「再過幾天總算可以一次還清了。」

幾天之後，那個家庭的老公出車禍死亡，好像是不小心衝到大馬路上被車撞的。雖然警察覺得其中有疑點，最後仍以交通事故為由結案。於是這家人領了一筆巨額的保險金。

當昌男得知這件事的時候，只覺得背脊一涼。

大約五年前，昌男被調回總行，不過不是現在這個部門。他被調到位於總行十二樓的「企業徵信調查部」，這是他一直想進入的部門，總算如願了。

簡單來說，這個部門的工作就是針對提出貸款申請的企業，仔細調查他們的財務狀況和營業內容，同時檢討對方未來的還款能力和企業重組的可能性等業務，對象通常都是一些上市上櫃公司，總行的貸款部則根據他們提出的調查報告來進行運作。

這是一個可以幫助企業成長，又對公司有利的工作，是昌男進入銀行之後最想嘗試的工作，他以為自己的人生目標和工作意義將從此確立。

此外，還有一個原因讓他為這次的調動感到高興。

當時他正和一個女孩交往。她在一家半導體製造商的財務部任職，是昌男在日本橋支店跑外務時認識的。

她和昌男同年，彼此在公司業務上相互往來一、二年後，就喜歡上對方了。她具備了聰明女孩特有的沉穩和成熟，且幽默感十足。

她叫吉田彰子。

某一天談完公事之後，鼓起勇氣約她吃晚飯。就這樣開始交往。

一年後，昌男向她求婚。

可是彰子卻希望他再等一等，昌男問她原因。

她猶豫了一會兒終於回答他：「昌男，我記得你曾經說過，現在的工作並不是你最想做的。」

「所以呢？」

「說得明白一點——如果不是一個真心喜歡自己工作的人，我想，我沒有辦法跟這樣的人交往下去。」

昌男不太明白她的意思。或許是看見他臉上的表情，她焦急的接著說：「不管是自己當老闆或受雇於人，都會有高低起伏——業績有時比人好有時比人差，或者有時雖然比同事先升官，十年後對方卻又變成你的上司。或許這樣的比喻不是很恰當，但我覺得就好像坐蹺蹺板一樣。」

「嗯……」

「有時候甚至可能一直處於低潮，一輩子再也沒有機會爬上來。這不完全是個人的問題，有時是因為和上司不合，有時是因為所處的部門本身有問題，有許多複雜的因素。」

「嗯。」

「我們公司裡也有幾個這樣的同事，變得自暴自棄、不負責任，對自己的事覺得無所謂。這樣的生活態度，我並不欣賞。因為不懂得珍惜自己所擁有的人，當然也不會珍惜他周遭的人、事、物。」

昌男似乎慢慢聽懂了。

「如果你做的是自己喜歡的工作，即使遇到困境、無法順利升職，都會比較能夠忍耐下去。因為你知道自己在做什麼，想做什麼，並引以為榮。」

所以，彰子希望他能快點找到自己真正喜歡的工作。

因此，當昌男一獲知這個調動的好消息時，便第一個告訴她。

彰子捉住昌男的雙手，興奮的上下搖晃，開心的笑說：「太好了，真是太好了！」

半年之後，吉田彰子就改冠夫姓為池田彰子了。

企業徵信調查部的工作讓昌男樂在其中。

他們負責仔細分析、調查貸款部所傳來的企業財務狀況和營業內容，同時檢討企業重組的可能性。最後，這分報告再回到貸款部，依照調查內容調整貸款條件。以結果看來，他所負責調查的公司，大多都有相當好的表現。做的是自己喜歡的工作，而且成果又都能付諸實現，他越做越起勁。

但二年前和安井銀行合併後，情況開始變得奇怪。

兩家銀行的貸款部合併後，成為一個龐大的部門，所謂的企業徵信調查工作也變成內置作業。整個企業改組的背後，有一隻派系的黑手在操控。由安井銀行主導的合併案，在公司高層有八成是安井派人馬，至於原三友銀行內，囊括所有精英的企業徵信調查部，則被降格為企業徵信調查課，成為貸款部的下屬組織。

雖然工作內容和以前一樣，但他們所寫的調查報告要先轉交給同部門的調查課，由他們整理過後再上呈給貸款部。

也就是說，昌男這群人變成了幕後工作者，銀行最終評估的報告是由貸款部調查課所提出的。企業徵信調查課變成一個幽靈組織，不見天日。

一開始昌男還能接受這樣的轉變，他想起彰子說過的話：「如果你做的是自己喜歡的工作，即使遇到困境也能忍耐下去，並引以為榮。」

只要最終能對這些提出申請的企業有所幫助，倒也無妨。

可是有一天，發生了一件讓他忍無可忍的事。

調查課根據昌男的資料所做出的另一分結果報告，在結論的部分竟和他的意見完全背道而馳。昌男認為應該要削減這個連鎖便利商的中階主管費用，廢除負責管理監督的地區統籌部，在總公司進行更徹底的電腦化管理。但是調查課做出的結論卻是，中階主管部分保持原狀，削減各分店的兼職員工。

怎麼說都覺得奇怪，昌男為這件事感到非常生氣。

他直接到調查課和負責這案件的人討論。結果原來是對方判讀昌男提供的資料時發生了誤差，才會做出那樣的結論。昌男要求他提出修正，但對方卻說已經太遲了。他說這分報告不但已經呈報給貸款部，連提出申請的企業主都開始著手進行內部改組了。

昌男認為，修正錯誤的指示是必要的，而且永遠不嫌太晚。對方卻認為，現在提出修正，會延遲執行的進度。

或許是為了遮掩自己的過失，總之，對方一味的拒絕昌男提出的任何建議。

去你的！昌男在心裡怒罵。所謂執行進度延遲，通常是指產品製造作業流程上的問題，但是作業和事業並不相同。這個決策存在著根本上的錯誤，一旦執行後將裁撤許多原來在工作現場有用的人才。這才是無法彌補的過失。

那個傢伙，竟然連作業和事業都無法判別。

他想起了醬油拌飯。因為這樣的蠢蛋，使得許多人將陷入失業的困境，恐怕連飯都沒得吃。

他不禁大聲怒斥對方：「像你這種人，根本不配做這工作。如果還有良知的話，就該早早辭職。」

那個人原本是安井銀行的員工，不巧的是，昌男這番話被貸款部部長聽到了，而那個人正是部長在安井銀行時的心腹。於是半年之後，昌男就被調到現在這個部門來了。

不知何時，頭上的蟬鳴已經停止了。

昌男坐在長椅上恍惚的想，也許是死掉了吧。

視線落在地上，尋找蟬的屍體。一隻也沒有，只是叫累了在休息而已吧。

在地上飄移的目光回到自己手上，三明治才吃了一口。可是，一點食欲也沒有。

他心裡明白——合併後，很多原三友銀行的職員都被打入冷宮，例如企業徵信調查部的部長被調到其他關係企業，而直屬課長早就提前退休了。

至於其他部門的前輩或同事，多是際遇相當悲慘的例子。有人被調去負責運鈔車的工作，某個支店長據說被調到地下二樓的人才能力開發室。那裡不見天日，連電話也沒有，上頭命令他從早到晚不停的在記事本上寫：「我無能，是銀行不要的人。」

和他們相較之下，自己幸運多了。只是，看著即將腐壞的自己，卻無能為力。

有好幾次想著乾脆辭職算了。

可是辭掉了這個工作，還有什麼是真正想做的呢？有什麼工作可以像企業徵信調查部讓他無怨無悔呢？

每次總是想到這裡就打住了。

3

第一階段面談從星期一開始，已經過了三天。

昨晚總算接到對方的來電，和他約好今天碰面。這樣的話，就趕得上明天和池田昌男的面談了。

下午六點，真介從HIKARI銀行總行大樓離開，急急忙忙往東京車站走去。一邊走一邊左右轉轉頭，聽得到頸部骨頭互相撞擊的聲響。

每次都一樣。面談時要面對他們仇恨的目光、因為震怒而發抖的聲音，還有一把眼淚一把鼻涕弄得大家心情很糟的哭訴。每天都要和五個人廝殺、不斷交涉，到了第三天，整個脖子及背部都硬得像石頭一樣。

到了丸之內的北出口，對方已經站在那兒了。

那個穿西裝的大個子，一眼認出走近的真介，對他笑了笑。

「不好意思。我之前到香港去了，所以一直沒看到你的信。」

「去工作嗎？」

「募集資金。」

真介點點頭。

「那，要去哪裡？平常的店就可以嗎？」

是啊。對方點頭。「到居酒屋就可以了。反正你口袋裡也沒多少錢。」

真介苦笑了一下。其實，他本來打算帶他去一間還不錯的餐廳，在北出口附近，有一棟剛蓋好的商業大樓，地下室裡有將近十家左右的小餐廳。真介稍稍抬高下巴指著那大樓的方向。

「那裡的地下樓，有一家和式餐廳還不錯。座位安排的方式比較隱密，我們到那裡慢慢談。」

「哦，好啊，就去那裡吧。」對方淡淡的說。

他是真介高中時代的同學，山下隆志。

店裡的客人大約坐了七成滿，他們被帶到最後方的座位上。

「差不多有半年沒見了吧。」山下坐定後，看了真介一眼說：「是不是有什麼好消息啊？」

「為什麼這樣問？」

山下笑了。

「跟上次見面相比，你的臉看起來圓潤多了，好像快擠出餡的泡芙。」

真介也笑了。真是會消遣人。

「其實是，交了女朋友了。」

「咦？」山下的眼睛一亮。「是什麼樣的女人？」

「她在建材公司上班，工作上認識的。離過一次婚，四十一歲。是個不錯的女孩。」

「怎樣不錯？」

真介想了一下。如果說個性好、很溫柔這類曖昧含糊的形容，他大概無法理解吧。

乾脆直接說：「第一次私下碰面的時候，我就親了她。然後她很火大，狠狠打了我一頓。」

果然，山下呵呵笑了起來。「很不錯嘛。這種女人，我也想見見。」一副樂不可支的樣子。

這傢伙，還是老樣子。

和山下認識，是在真介剛升上高二那年的春天。他是從福岡縣一個叫筑豐的地方轉學到真介班上，那裡曾經是一個以採礦為主的小鎮。

他的父親是礦業技師，因為足払附近的礦坑即將封閉，所以到這裡協助處理相關業務。像這種窮鄉僻壤，幾乎不可能有什麼轉學生，所以班上的每個人都對他充滿好奇。

直到現在，都還記得山下當時的自我介紹。

級任導師說完之後，這個大個子就站上講臺。「嗯，我叫山下。要我自我介紹，我會覺得不好意思，不如來唱首歌好了。」

接著，竟然開始用和他外形不太相符的輕柔歌聲唱了起來，而且還自己打拍子。

月亮出來啦，月亮出來了
（啊　唷咿　唷咿）
出現在　三池礦坑上啊
煙囪啊　太高了唷
可得要　撥開雲霧見月明
（薩諾　唷咿　唷咿）

然後突然停了下來，說：「這是我們當地礦坑的歌。那是我生長的地方，請各位多指教啊。」

接著一鞠躬。

我的天，那種老掉牙的歌，還有像歐吉桑一樣的表演，實在不像一個十六歲的孩子。班上同學都被他嚇壞了。

和他變得熟稔是差不多三個月後的事。

那個星期天，真介騎著剛換的愛車 HONDA FT400，要去挑戰鎮外的某處坡道。那裡到處是泥沙，坑坑洞洞，就算是白天也很少有車經過。當作練習場再合適不過了。

騎著 FT400 從坡道下來，正想喘口氣時，聽到遠方有機車排氣管的聲響，慢慢往這裡靠近。看不清是誰，只看到他在樹林裡鑽來鑽去，要爬上這坡道。

真介豎起耳朵聽那排氣管的聲音——音色不錯，是單排氣管。保養得很好，油門的加速、放鬆也操縱自如。那迷人的聲音震動著耳膜。

排氣管的聲音越來越靠近，震動四周的空氣。接著看見一輛機車出現在眼前，是 YAMAHA 的 SRX400。細瘦的車身，流線的外型。

品味不錯。

SRX 在真介面前慢慢停了下來。

「嗨！」那騎士掀開面罩，對他笑著說：「你也騎機車嗎？」

那人就是山下。

從那之後，兩人突然變得很要好。不過，並不只是因為兩人有相同的興趣。如果單純只是騎車的同好，真介身邊就有許多從小一起玩到大的死黨。只是不知道為什麼，和那些死黨一起玩車的時候，真介總是覺得好累。他們總是突然心血來潮，來個加速飛奔；大轉彎時無視於中央分隔線的存在，亂無章法橫衝直撞。看到這種騎法，真介總是冷汗直冒。

他們的騎車方式大多數都很粗暴。通常上坡急轉彎的時候，照理應該退檔過彎，用低速檔維持轉速，以提升引擎動力。可是他們卻照常保持三、四檔，想要強硬過關。於是，就會聽到排氣管發出咳嗽一樣的聲音。很明顯是扭力不足，引擎在哀嚎。

真的很累。

不知不覺，開始變成自己一個人騎。

也就在這時候，認識了山下。乍看之下，好像是隨隨便便的騎法，事實上，山下絕不會折磨他的車。就算只是站在一旁看他騎，也覺得是一種享受。

當他們一起騎長途的時候，如果不是必要，一定保持穩定的速度。即使要加速，也是慢慢的循序漸進，減速的時候也一樣。假使他發現前方有什麼看來不錯的地方，也只是淡淡的豎起左手大姆指，對並行的真介打暗號。

山下不管在什麼樣的場合騎車，絕不會超出中央分隔線。這也充分說明了，他騎車時最注重的就是安全。在這方面，他表現得很像大人。

與其他人相比，真介覺得跟這個人混，是安全的。

至於讀書，他可就沒輒了。

想也知道。山下上課的時候根本不專心聽講，怎麼可能理解課本上的內容。

大約在他們高中畢業的同時，礦坑整個封閉了。山下的父母親回到九州，他自己則選擇到東京念大學。

太平洋曙光大學。

這大學的名字連聽都沒聽過。真介聽說的時候，也傻了眼。

「那是什麼怪學校？」

「就跟它的名字一樣，是輸光光的傻瓜學校囉。」山下笑著回答：「對我來說是剛剛好。而且經濟系的校區就在熱鬧的中央區，從現在開始我要盡情玩樂囉。」

真介一副難以置信的樣子。

「你真的覺得這樣好嗎？」

「沒問題的。」山下若無其事的說：「像你這種選擇了鄉下地方念書的人是不會懂的。」真介念的是筑波大學。「你在那鳥不生蛋的地方就盡量玩車、玩女人吧。」還是不忘把真介消遣一番。

山下總算在四年內如期畢業了。

聽他說了工作地點時，真介更是驚訝得說不出話來。

他在五菱銀行。就算是老財團的都市銀行中，也是相當出名的。

並非是羨慕他能找到這樣的工作，只是很好奇，這個一天到晚吃喝玩樂的傢伙，到底是用什麼方法混進去的。

「你有什麼後臺嗎?」

「怎麼會有。」山下還是那樣不當一回事的笑著。「我老爸是小小的技師,親戚也都是住在鄉下、搞不出什麼名堂的人,哪裡會有什麼後臺?」

「那是怎麼進去的?」

「還不是靠那個。就那個嘛。」

第一次面試的時候,完全沒有工作經驗的他,大言不慚的說了一大堆偉大志願,讓人啼笑皆非。接著,就開始又唱起他那首成名曲。

無論什麼時代,都會有人喜歡這種搞笑的演出。就憑著這個,他們認定他可以當「活寶」,合格錄用了。

「可是為什麼會選擇銀行業呢?看起來是最不適合你的。」

結果他盛氣凌人的說:「日本是資本主義社會。所謂的資本主義就是一切以資本為主,有錢的就是大爺。在日本,最有錢的是五菱銀行,所以我選擇了那裡。」

後來,他被派到外縣市的某個小支店,就這麼過了好幾年。

暫且不提當年是如何盛氣凌人,山下那幾年的工作並不順遂。

這些財團的銀行,大多是從進公司那一刻起,就依照你的學歷決定了你未來的升遷。先是東京大學、京都大學、一橋大學,然後是早稻田、慶應大學。像那種什麼來歷不明的「太平洋曙光大學」畢業的,如果沒什麼特殊關係的話,要升遷恐怕很難。

搞清楚狀況之後,山下變得無心工作,出外洽公都是在混水摸魚,每天的報表像在寫作文。

「我錯了，我的一生毀了。」當時他們只要一碰面，就會聽到山下這麼吶喊。

「我毀了，我毀了。每次只要我一說到是從哪個大學畢業的，客戶的臉就僵在那裡。」

真介笑到肚子痛。這傢伙當初決定到那裡上班時，就該料想到了，怎麼連這麼簡單的道理都不懂。

「既然如此，你就努力做出好成績，彌補學歷上的不足嘛。」

開什麼玩笑。山下一臉訝異。「那豈不是要違背我的本性，拚上老命才做得到。算了，看在他們的福利和薪水都不錯的分上，暫時先這樣吧。」

這種馬虎的工作態度遲早會露出破綻。果然，被發現了。

據說支店高階人士曾經討論過要請他走路，但是，有人認為這樣做的話，工會方面可能會有意見，而且會影響支店長以下的主管在人事管理上的考績。最後的結論是，把他安置在支店長看得到的地方，他就沒機會混水摸魚了。於是，讓他坐在貸款課的櫃臺，剛好就在支店長座位旁邊，和他大眼瞪小眼。

沒想到，竟意外的讓山下展現出另一項才能。

為了打發時間，他無聊的翻閱那些提出貸款申請的企業資產負債表，結果發現了一些共通點。這些企業經營者的人格特質，都如實的浮現在報表上，而且越是中小企業，越有這種傾向。

到底是怎麼看出來的，真介這個外行人也不太清楚。總之，山下注意到這張表和性格上的關聯性。工藝家有工藝家的風格，強人派有強人派的霸氣，這些都會分毫不差的出現在那張資產負債表上。

這可就有意思了。

為了印證自己的看法是否正確，只要有任何一家中小企業的老闆來申請貸款，他一定找機會和對方聊上幾句，之後再仔細翻閱他們的資產負債表。

他的判斷幾乎準確無誤。

山下難得頭一次對自己的工作興致勃勃，除了主動蒐集資料之外，有一段時間甚至連假日都不出門，一個人關在房裡研讀企管方面的書籍。

就是憑著一股傻勁兒。

一年、兩年過去了，儘管是泡沫經濟後極端不景氣的時期，山下所負責的那些貸款案中，幾乎很少有滯納或呆帳。三年後的還款率更高達百分之百。

在這之前，把他當成「癩痢狗」的那些同事們，個個態度有了一百八十度的轉變。頂頭上司們雖然覺得不可思議，還是拍拍他肩膀說：「天下無難事啊。」就連以前正眼都不瞧他一眼的單身女行員，也突然變得在他面前裝模作樣起來。

那到底是一家小支店，雖然他才不過三十歲，最後竟然也當上了副店長。

「哼！還不是錢在說話。」山下有感而發的說：「我從頭到尾都還是原來的我啊。這世界真有那麼現實嗎？」

「唉，這樣也不錯了啦。最起碼，你的工作能力受到認可了。」

山下側頭想了一想。

「不過，我大概就到此為止了吧。」

「為什麼？」

「因為我沒結婚啊。」山下爽快的說：「沒有家室的人，在銀行是不會被信任受重用的。王老五是不行的。」

「那就結婚啊。」

「我才不要。」他說得斬釘截鐵。「如果不是遇到愛得死去活來的人，我是不會結婚的。結婚是一輩子的事。到死為止都要和同一個人過活，實在令人沮喪。我不想結婚。」

過沒多久，山下就跳槽到現在這家公司了。這間公司主要的營業內容是企業的合併和收購，員工大約二十名，規模和真介他們公司差不多，可是經手的金額卻多好幾個零。

以年利百分之三十的營業利潤向世界各地的投資客募集資金，然後收購標的企業的股分。拿到經營權之後，來一個大整頓，增加營利，等它的股價漲到比收購價還高時，再釋出股分。賺取的差價回饋給投資人後，剩下的盈餘就是公司的毛利。

「簡單來說，就是這樣。」山下曾經說過：「我們和解體業者不一樣。我們不會把收購的企業肢解零賣，而是企業整體回收再利用。」

這才知道，原來山下這趟去香港出差，總共募集了三千萬美金的資金。

他們叫的菜，一下子全都端上桌，擺得滿滿的。

「到底什麼事？」山下喝了口啤酒，直接問：「你要找我商量什麼？」

「我想讓你看一個人的履歷。」真介說：「這個人在 HIKARI 銀行工作，為了避嫌，我把他的名字蓋住了。我想請你幫我判斷一下，這個人在財團派系色彩濃厚的銀行裡，將來會有什麼樣的展望？」

「嗯。」山下嘟囔著，把真介遞過來的資料拿在手上。「HIKARI銀行嗎……」

這分資料其實不應對外公開，不過，真介認為應該無妨。剛才已經確認過了，除了他拿掉的第一頁個人履歷之外，其他部分都沒有提到池田的名字。真介甚至認為，就算大剌剌的把第一頁留下，讓山下看到名字，以他這種粗線條的人，恐怕也不會那麼容易認出池田吧。

山下把餐具挪到一旁，專心看起資料來，看的時候提出了兩個問題，一個是企業徵信調查部的工作內容。真介為他說明了一番。

「哦……」山下聽了以後，似乎感到相當佩服。

接下來就是電匯部門的業務內容。真介又約略說明了一下。

「嗯……」山下若有所思。

第三頁、第四頁，差不多用心看了五分鐘之後，才抬起頭來。臉上帶著怪異的表情。

「我說，你每次都那麼閒，要幫對方考慮到將來的問題嗎？」

「這次不一樣。」真介含糊其詞：「他是我以前認識的人。」

「哦？」

「可是我不會因此就放水的。只不過，想起你也曾經和他在同一個業界工作，如果可以參考一下你的意見，謹慎思考對方的現況，才能做出更正確的判斷。而且真要勸他離職的時候，也會比較有說服力吧。」

「原來如此。」

山下伸了個懶腰，將兩手枕在脖子後面。然後瞄了真介一眼，嘆口氣。

「結論就是，他沒有退路了。可能也不會有第二次往上爬的機會。」

果然如真介所預料的。但他還是問了：「理由呢？」

「有好幾個。」山下一臉嚴肅的說：「首先，這是必然的結果。想在銀行業界起死回生，尤其是這種派系分明的都市銀行更是如此，條件是非常嚴苛的。這群人，一定都是某幾家大學畢業的，例如某某帝國大學，或是私立的早稻田、慶應等等。我並不是指他們的頭腦特別好或特別優秀，而是他們在應付考試的過程中，已經磨練出一定程度的能力，可以應用在銀行事務處理上。銀行的主要業務就是，在既定規則之下，確實而迅速的執行職務。每年都會有像這樣的人進來，要多少有多少。如果這個不行，就換一個，很容易被取代。」

「可是，偶爾也有像你一樣的特例吧。」

「我啊……」山下苦笑，「三十歲才當上小小支店的次長，算哪根蔥？而且五菱銀行是所有都市銀行中最嫩的，像個公子哥兒一樣。總之，就是很遲鈍啦。所以當初完全來不及跟上那一波泡沫經濟，現在反而因禍得福，沒有什麼呆帳，業績也還不算太糟。像我這種蠢才，混個一、二年沒什麼問題吧。」

「是嗎？」

「可是像 HIKARI 這種銀行就完全不同。安井和三友兩家銀行，原本就是大張旗鼓、拚命三郎型的。他們應該有不少呆帳沒法處理吧，所以才會合併。再加上這個人……」一邊用手指著資料說：「照上面的資料看來，原本是三友的人。相信你也聽說了吧，這次的合併案是由安井主導，所以他的處境相當弱勢。」

「嗯。」

「依照資料上的顯示似乎也是這樣。而且我剛剛聽你說，以前三友的企業徵信調查部是培養精英的地方，合併後，卻被安井的貸款部門吸收。一年後，這個人又被調到電匯部去，大概只能在那裡坐冷板凳吧。」

「是啊。」

「從另一個角度來看，他過去在企業徵信調查部的表現是相當不錯的。只要看第四頁的職務經歷表就知道，他負責過的案子，都是一些上市的大企業，例如日山汽車、長岡機械、大英不動產等等，而且接受過好幾次表揚。這些評價可不是空穴來風，只要你注意過相關新聞就知道，這些公司後來的業績都是呈V字型成長。」

說到這裡，山下又看了真介一眼。

「只不過，他現在很明顯是被晾在那裡。一方面是因為三友派的勢力薄弱，一方面是因為這種以減分方式評價員工表現的職場，很難突顯個人的能力。當然，也不太可能有機會受到上面的重視，擢升到其他部門去。所以剛才我說『可能也不會有第二次往上爬的機會』，就是這個意思。」

這傢伙，變得比較會說話、抓得住重點了。雖然有些用語還是不純熟，但他說話之前，在腦海裡已經先有一個完整的架構，所以能夠將一件事的前因後果分析得很清楚。

山下又低頭看著資料。

「這個人，到底跟你是什麼關係？」

真介嚇了一跳。

「為什麼問這個？」

「因為他是平成六年進這家銀行，也就是和我們同一年出社會的。」山下笑著說：「應該是學生時代認識的吧。」

「嗯……也算是啦。」

「難不成，這個人我也認識？」

好傢伙……真介不知該如何是好。

「剛剛不是跟你說過，不能提到名字的嘛。」

哦。山下一副得意的樣子。

「是我認識的人，對吧？」

「不對。」

「你說謊。」山下奸笑著。「如果不是的話，幹嘛怕我知道名字？」

被看穿了。

真介心裡暗自後悔。他剛才是在套我的話，我怎麼那麼蠢，竟然上鉤了。

「就說了吧。」山下鍥而不捨。「是高中時代的同學吧？是誰？我已經和足払沒有任何瓜葛，不會四處張揚，更不會給對方添任何麻煩。」

「就跟你說過，我不能講的。」

「沒關係啦。」

對方這麼堅持要知道，讓真介也起了疑心。

「倒是你，為什麼非知道不可？」

結果，山下有些尷尬的摸了摸鼻子。「……沒有啦，只是……」

4

星期四。昌男敲打鍵盤的手停了下來，看看手錶。

三點五十五分。

差不多了。昌男前面那個人，隔壁的中南美課長，差不多要回來了。

四點之前，那個課長回來了。默默的拖著沉重的腳步走進辦公室，坐下來的同時，稍微嘆了一口氣。才不過一個鐘頭不見，眼窩就陷了下去。想必被逼得很慘吧。

課長抬起頭來，看著昌男，虛弱的對他笑了一下，有氣無力的說：「池田，換你了。」

昌男靜靜的點點頭，站了起來。

「池田先生，要加油喔。」對面的佐藤妙子小聲說。

他點頭回禮，心中覺得似乎哪裡不對勁。

走出辦公室走廊，按了電梯。「叮」的一聲，門開了。進電梯，按下十樓的鈕，門關了起來，開始啟動。

「池田先生，要加油喔。」

想著剛才佐藤說的話，一個人笑著。

叫我加油，是要我奮力抵抗不被炒魷魚嗎?就算勉強留下，我還會有光明的未來嗎?

當然，他非常清楚佐藤是在為他擔心，可是卻因為她的一番好意感到鬱悶。

我真的這麼想留下來嗎？似乎該是放手的時候了。但是放手之後的自己，又該何去何從呢？

幾乎很少有銀行同業會召募二度就業的人才，就算有，也很難找到昌男曾經待過的職位。擔任銀行重責大任的，多半是一手栽培起來的員工。怎麼想，就是沒有容身之處。當初被調到電匯部門時，迫不得已騙了彰子，說那只不過是為了讓他熟悉各部門業務的輪調。

「如果不是一個真心喜歡自己現在工作的人，我想，我也沒有辦法再跟他繼續在一起。」

她現在或許還以為昌男在工作上是幹勁十足的吧。

他沒辦法說出真相，於是拖拖拉拉就過了一年。

結婚當時買的公寓還在貸款。雖然泡沫經濟之後，薪水大幅縮減，但是銀行業的待遇和其他行業相比，還是好多了。昌男三十三歲了，年收入大約有八百五十萬。假設要到其他行業去求職，而且又是二度就業的話，薪水肯定不會太多。萬一發生什麼事，可是會被房貸壓到喘不過氣來，無法生活。

終究還是不敢輕易跨出那一步。

電梯突然震了一下，十樓到了。

經過走廊，走到盡頭有一個小會議室，他在門口停了下來。

輕輕嘆口氣，敲了門。

「請進。」門後傳來模糊的應答聲。

他轉動門把，開了門。

「打擾了。」說完抬頭一看，是一個年輕男子，坐在桌子後方。應該就是負責面談的人吧。

無論穿著或髮型，看起來都比自己年輕一些。他旁邊還坐了一個女人，是助理吧，也很年輕，看起來差不多二十出頭。

竟然有點被羞辱的感覺。

搞不清楚是哪裡冒出來的奇怪公司，而且，還派了一個這麼年輕的面談官要炒我魷魚。想必是銀行方面不擇手段要裁員，故意用這種方法來踐踏我們的自尊。

對方站了起來，看著昌男，輕輕點個頭。

「您是池田先生吧。百忙之中，要您抽空過來，真不好意思。」他說：「來，這邊請坐。」

嗯，看不出來還挺有禮貌的，說話的語氣和腔調也還可以。

只是，看著他說話的姿態、表情和聲音……不知怎麼說，就是覺得哪裡不太對勁。

一邊想一邊坐下。對方也了坐下來，再次看著他，又說：「今天由我為您服務，我叫村上。」臉上浮現笑容，「您要不要喝個咖啡或是什麼，還是……」

對方接下來說了些什麼，昌男根本沒聽進去。

村……上，村上？曾經在哪裡聽過？拚命在腦海裡尋找線索，又看了一次對方的臉，那張俊秀的臉……記憶慢慢重疊，一瞬間，謎底揭曉。

啊！

因為太過驚訝了，差點從椅子上跌下來。

村上！村上真介！

「……還是您要紅茶呢？」

村上盯著昌男，重複說了一次。

這傢伙。

這傢伙應該認出我了。沒錯，絕對沒錯。他負責炒我魷魚，當然看過我所有的學經歷和個人資料。

他羞得漲紅了臉，甚至覺得有些生氣。

他完全想起來了。這傢伙，高中的時候不怎麼用功，整天就騎著一輛機車繞來繞去。別說是暑修或是課後輔導，就連校內活動、運動會之類的，也很少出席。雖然不曾搞出什麼亂子來，但對於他偷偷瞞著校方騎機車的大膽行徑還是時有耳聞。結交的朋友大多是其他學校騎車的小子，總之，也算是班上的問題人物吧。當時，昌男和學校的老師一樣，總是斜眼看他。

可是不知怎麼搞的，到了高三那年的夏天，他突然瘋狂用功起來，隔年一畢業就考上了筑波大學，讓昌男也不禁嘖嘖稱奇。差不多是大學畢業、剛成為社會新鮮人沒多久那段時間，有一次回老家，才又聽說他故態復萌。

「村上家那個小子，好像還沒找工作，整天就騎著車在那裡晃蕩。」

「村上？哦，你說他喔。是啊，到現在還遊手好閒，不知道在想什麼。」

自己也不知道在想什麼，就回答了：「咖啡。」

一杯咖啡馬上端了上來。

「那麼，池田先生，我們就直接進入主題吧……」

村上看了一眼桌上的資料，開口說。昌男遠遠的窺視那分資料，右上角還貼了自己的大頭照。他開始覺得畏怯，高中時代表現得比自己還差的這個傢伙……。昌男心虛到不知該如何是好。

「相信您已經知道，貴公司正在進行大規模的裁員計畫。池田先生，據說您所屬的部門，今年度預計裁減三成人員，而且勢在必行。」

村上微微笑著，用很老練的口吻說。

看到他若無其事的樣子，昌男更覺得生氣，青筋都浮起來了。

去你的！什麼「池田先生」、「相信您已經知道」，說什麼屁話。這傢伙一定在心裡竊笑，把我當成傻瓜，等著看我的笑話吧。

不禁脫口而出：「所以打算叫我走人，是吧？」

「不，不是這個意思，請您不要誤會了。」村上立刻說：「只不過是想提醒您，就算繼續留在這個即將縮編的部門，恐怕也不會有任何發展的機會吧。反倒是池田先生，您過去在企業徵信調查部的成績很不錯，甚至可以說相當優異。當然，留下來也是一個選擇，可是這麼一來，您的專才就沒有發揮的空間了。所以，再繼續下去對您不但沒有好處，甚至是有點可惜了。」

將對方吹捧一番之後，再不露痕跡的引導他選擇自己設定的方向，實在是高招啊。

可是昌男不禁要想，既然我這麼優秀，為什麼會被調到這種部門來？更巧的是，竟然還要由我的高中同學來勸我離職？

實在不堪到令人發噱。

「所以，您是否願意藉這個機會，帶著過去在企業徵信調查部累積的實力，到外面的世界去挑戰全新的自我呢？」

昌男正想開口，村上又接著說：「若是您願意的話，銀行方面也會盡全力配合。除了明文規定的離職金之外，再加上實際任職年數乘以一個月基本月薪的加給，另外還有有給休假的津貼給付。此外，如果您需要的話，還可以負責協助您二度就業。而且，從您提出離職申請到正式離職之間，可以有六個月的緩衝期。」

村上一股作氣。「目前相當不景氣，這樣的條件，相信在銀行業界算是很不錯的。您要不要考慮給自己一個機會，去嘗試發掘新的可能性？當然，您若是想繼續留下來也無妨，只是，貴公司未來的裁員計畫長達五年之久，下次的離職條件大概就沒這麼好了，例如：六個月的緩衝期變成四個月、加給部分變成任職年數乘以零點八個月等等，恐怕只會越來越差吧。」

村上一口氣滔滔不絕說完後，再次盯著昌男看。

「您意下如何？如果有這個意願的話，我個人認為事不宜遲。」

該說什麼呢？

在老同學面前，卻一句話也說不出來，有的只是悔恨和不堪。

他知道，對方是在作戲。明知是自己的同學，卻非得假惺惺演一場戲，結果讓昌男反而不能向他說明個人遭遇到的困難，還有忿忿不平的心情。說不定，這正是他一開始就設計好要逼他的招數。

眼前浮現彰子的臉。

不行，這樣下去會讓他得逞。絕對不行，會失去我的工作。絞盡腦汁用力的想……想到了！

「可是我在工作上並沒有任何過失，應該沒有理由非要我走路不可。」

「是沒錯。」村上還是一樣口若懸河。「但是池田先生，如果考慮到您的將來，您真的認為留下來是最佳的選擇嗎？」

似乎一切都被他看穿了。昌男再度覺得羞憤難耐。

「那是我自己的問題，不需要你來擔心。」

「可是很抱歉，有些眾所周知的事實確實是存在的。」

「什麼事實？」

村上舔了一下嘴脣，慢條斯理的回答：「也就是，您未來在這家銀行的發展，任誰看來都會認為黯淡無光。這樣說，不知道是不是太過分了點？」

這次是真的火大了，幾乎想把手上的咖啡往他身上潑過去。

「你未免也管得太多了吧。」昌男發現自己的聲音因為憤怒而發抖。「再說，為什麼我的問題，需要你這個外人來插手？」

「因為這是我的工作。」

村上爽快的回答，接著又說下去：「請您別誤會，我並沒有任何貶低您的意思。只不過，在我面談的時候，總希望為對方的未來發展也盡一分心力，因為我認為這是一種職業道德。對於您，我也是一樣。到底什麼才是最佳的選擇？以您為例，您過去在企業徵信調查部的優異表現，非常難能可貴。而且在您任職期間，也從未發生任何過失。」

「……」

「但是，恕我不客氣的說，您在合併後被調到這部門來，根本就像被打入冷宮一樣。與其說是您個人的問題，不如說是整個企業制度的問題。要想重新回到您當初大顯身手的地方重振雄風，恐怕比登天還難。若是您對於現狀感到滿足的話，我也不會再多說什麼。只是照這資料看來，您當初進入企業徵信調查部並非偶然，而且對這工作充滿了期待和熱情，甚至可以說是為了這個職位才選擇進入銀行工作。然而現在的您，卻迫於現實，必須任由這無聊的部門和工作剝奪您的人生。」

「……」

「因此，要說您對於現狀相當滿足，並且對將來充滿期待，我個人是無論如何都無法相信的。您覺得呢？」

昌男不發一語。

如果說，叫昌男走路是他的最終目標，那麼他對於昌男的現況及心理狀態已經掌握了七八成。想必下過一番工夫蒐集了很多資料。

昌男覺得這樣才叫作敬業，才是真正負責任的態度。

雖然不太願意承認，但當他這麼想的同時，其實已經對這個同學感到有些佩服了。

不過，他又連忙提醒自己，這是他們慣用的伎倆，千萬別上當。

其實他所說的一切都是事實，卻也因此讓昌男更難以承受。

「或許真的如你所說的也不一定。」昌男雖稍有讓步，還是拉不下臉來。「可是這社會上，不是每個人都能從事自己喜歡的工作，很多人都是耐著性子度過每一天。這又何嘗不是一種生活方式。」

結果村上只是淡淡笑了一下。

「很抱歉，我現在說的不是其他很多人，」村上不客氣的回答他：「而是池田先生您本人，對於自己的現狀有何看法？請不要模糊了焦點，這對您並沒有任何幫助。」

的確是如此沒錯。這次真的是因為羞愧而滿臉通紅，剛才自己只是想矇混過關吧。

昌男悶不吭聲。

兩人沉寂了好一會。

昌男發現，鄰座的助理看了村上一眼，村上也對她輕輕點了點頭。接著她手上拿了分文件，繞過辦公桌向他走來。停下腳步，將文件遞給了昌男。

「這分文件裡，詳細記載了剛才我為您說明的各項離職優惠條件。」村上開口說明：「無論您接不接受，都無須當場答覆。因為您或許還需要和家人商量，所以就當作是您的參考資料。」

之後，又不厭其煩的說明了一些離職的相關事項，第一次的面談就算結束了。

「大致上就是這樣了，您的意下如何呢？要馬上做決定嗎？」

「不。」勉為其難的回答：「我現在無法決定。」

村上用力點點頭。

「那麼，我們就把您的答覆和離職條件的協調事宜，安排到下星期之後的第二次面談囉。」

昌男點頭。他現在也只能點頭了吧。

最後，村上對他行了個注目禮，昌男也以相同方式回禮，然後站了起來。轉頭走出房間，一手拿著文件，慢慢的走在幽暗的走郎，進了電梯。回到辦公室，坐了下來。

「池田先生，怎麼樣了？」佐藤妙子馬上表示關心。

「您該不會答應了吧？」

昌男點點頭。

「是還沒答應。不過下次還要再面談討論離職條件的問題。」

「離職條件？」佐藤妙子稍微皺了眉頭。她靠過來小小聲的問：「難道您已經考慮要離職了？」

到底如何呢？昌男自己也搞不清楚，想要先冷靜一下，再想想看。

不知道自己在裁員候補名單中到底排在什麼位置，所以很難做決定。如果知道是前幾名或後幾名，就能作為參考。昌男認為，即使辭了這家銀行，至少彰子不會離開吧。但是不管辭或不辭，在和彰子談論這件事之前，都應該先了解一下比較好。

一想到這裡，就開始坐立難安。

偷偷瞄了一下手錶，還有五分鐘就五點了。十分鐘前才離開面談的地方，自己又是今天最後一個接受面談的員工。

那間面談室大概已經清得差不多了吧。

「不好意思，我有事要離開一下。」

昌男對佐藤妙子說完後，立刻走出辦公室。出了總行大樓，他在往東京車站方向大約五十公尺左右的地方找到了村上。因為剛才他到面談室一看，早已經收拾乾淨人去樓空。於是他匆匆忙忙搭了電梯，往大樓入口處去，直到走出門口四處張望，才發現他們的身影。

丸之內線的東京車站入口處。

村上剛和助理互道再見，昌男等到那助理完全消失在地下道入口，才出聲叫住村上。

「請、請等一下。」

實在很難堪。怎麼會是在這兒、用這樣的聲音叫住自己以前的同學呢？主要也是因為兩人在高中時期，並不是那麼有交情吧。

村上回頭看了昌男，他沒有說話，也沒有驚訝的樣子，只是側著頭，嘴角微微上揚而已。過了一會兒，才說：「有什麼事？」

昌男竟有些退怯，但還是鼓起勇氣繼續問：「有一件事剛剛忘了問。可以請教一下嗎？」唉，真沒出息。「剛才忘了問，我到底在裁員名單中排名第幾？」

村上又笑了。「很抱歉，就算真有這樣的排名，我也無可奉告。因為這樣對其他人來說，是不公平的。」

「不能說嗎？」

「是的。」

「無論如何都……」

「不行。」村上冷淡的說：「這是我的工作，不可以偏袒任何人。」

「真的不行嗎？」

「真的不行。」

去你的！昌男的耐性似乎已經到了極限。

「喂！」開始大聲起來。「不管怎樣，告訴我那麼一點點又有什麼關係？」

「您這麼說，是什麼意思？」村上還是很客氣的問：「是要我用老同學的立場而不是面談者的立場嗎？」

「隨便你怎麼想啦。」他有些自暴自棄的說。

結果，村上竟然馬上用一副不可置信的表情看著他，嚴肅的說：「那我就告訴你，」連語氣都變了，「我是無論如何都不會說的。這和我們以前熟不熟無關，不管面對任何人我都是一樣的態度，也絕不會在面談當中加入個人感情。」

「不管怎樣嗎？」

「不行。」村上搖搖頭。「換作你是我的話，你會這樣做嗎？」

昌男再度語塞。

過了好一會兒，村上才又繼續說：「不過，念在曾經是同學的分上，倒是有件事我想對你說，或許對你的將來有幫助也不一定。」

「你別裝腔作勢了……」急得舌頭都快打結了，實在是可悲啊。「……到底是什麼事？」

村上並沒有明確回答。

「下個星期開始要進行第二次面談，你應該會被排在星期二吧。那天晚上請你把時間空出來，我們就約六點半，在東京車站的丸之內中央票口那裡吧。」

5

隔週的星期二。

這一天，池田接受面談的順序被安排在第三位。真介依然故我，絕不放水。而且甚至可以說，比第一次還要嚴苛，他用盡各種方法，想讓昌男點頭求去。到了最後，連他的家人都被搬了出來。

真介問：「您和尊夫人談過了嗎？」

池田說還沒。

為什麼呢？上次不是把資料都給您準備好了，為什麼還沒和她商量呢？

池田沒說什麼。

難道說，您和尊夫人之間的關係，不方便談論如此重要的大事嗎？這種事那麼難以啟齒嗎？

沒錯，故意用這種羞辱對方的口氣，讓他發怒，想逼他說出：「我不幹了！」

但池田仍然無動於衷，不肯點頭。

你在這家銀行裡已經沒有將來可言了，難道你一點自尊心都沒有嗎？

到最後連這樣的話都說了出口，只為了想讓池田覺悟放手。

想起來了。他的學業成績總是名列前茅，三年級的時候還當上學生會長以及校慶的總策畫。

這樣的資優生竟被當年班上的問題人物勸說離職，恐怕會是他一生中的奇恥大辱吧。

一個小時後，面談在彼此之間毫無交集的情況下結束。接下來，就等下星期最後一次面談了。

池田一臉倦容，和上次一樣用眼神向真介稍稍致意之後，走出房門。

鬆了鬆領帶，嘆了口氣。雖然我們不熟，到底也曾經是同學啊。我是不是太冷酷無情了？一心只想著要做好工作卻忽略了其他事？

一回過神，發現身旁的川田美代子正盯著他看。

「怎麼了？」

「沒什麼。」川田美代子還是一如往常，淡淡的笑著。「我只是覺得你好像很累的樣子。」

真介像是突然想起什麼似的，問她：「剛剛那個人，我是不是對他太嚴苛了？」

她還是那樣笑著，搖搖頭。「應該說是……激動吧。」

「咦？」

「村上先生平常滿冷靜的，這次好像比較激動。」她這次難得打開話匣子。「而不是什麼冷酷，或嚴苛那種感覺。」

真介心裡一驚。「什麼意思？」

「我第一次聽您和他面談的時候，就嚇了一跳。因為，從來沒聽過您對其他的面談者談論到對工作的看法。」

真介覺得臉頰發熱。「還好吧，偶爾……」為自己做了辯解。

結果她又笑了起來，輕聲說著：「其實，這樣也不錯。」

啊……她不曾這樣說過……難道？

但馬上又打消這個荒唐的念頭。

笨蛋。就是因為沒有其他意思才能說得如此順口。再說，就算她真的對我有意思，那又怎樣？

眼前浮現陽子的臉孔，咯咯笑著說：「你這個變態。」

真介苦笑了一下。

就算是生氣怒罵的時候，也是那樣大剌剌的；就算是自己說些什麼不要臉的話，她也一樣開朗的諷笑，所以和她在一起，總是覺得開心自在。

可是自己竟然還對別人有遐想。真是該死。

6

他媽的。

故意假惺惺裝客套，還耗掉一個鐘頭，從來沒有被人這樣羞辱過。最後還把彰子也牽扯進去，害我差一點就撐不住了。真是多管閒事，都還沒想好辭掉工作之後該怎麼辦，叫我怎麼跟她開口說這件事？

去你的！再沒有什麼比這個更讓人不甘心的了。

昌男回到辦公室後，想到剛才面談的事，一時間還憤恨難消。直到下班前忙著處理手邊的雜事，才慢慢平靜下來。

唉，其實對方也是任務在身，怪不得他。

六點二十分，出了總行大樓，路上準備返家的上班族摩肩接踵，人來人往。昌男往東邊前進，五分鐘後，來到紅磚屋下的剪票口。

一眼就看到村上的身影。

一個個像被票口吸了進去的人潮之中，只看見一個瘦高而熟悉的男子站在那兒。昌男穿過絡繹不絕的人群，向村上走近。

應該不必對他太客氣了吧。一邊這麼想著，開口說：「等很久了？」

村上一改之前嚴肅的樣子，輕鬆的笑著回答：「沒有，不過兩、三分鐘而已。別擔心。」

接著不知為什麼，用下巴指了指自己的右手邊。村上的右邊，站了一個壯漢，兩手交叉在胸前，一副酷樣默默的看著昌男。沒多久，露出了笑容。

「池田，你這個無情無義的傢伙。」那男人慢條斯理的說：「想不起來嗎？我是山下啊，山下隆志。高二的時候和你同班啊。」

啞口無言。

是啊，沒錯，眼前這個粗壯厚實的男人，漸漸和記憶中的身影連結起來。他和村上是同一掛的，也不參加社團活動，整天就跟在高職女生的屁股後面團團轉。

昌男脫口便罵：「喂！村上！」絲毫不顧旁人目光，怒氣沖沖質問他：「你要消遣人也該有個分寸吧！這種工作上的機密，連我求你都不願意說的事情，為什麼還把你以前的死黨也牽扯進來？」

打算兩個人一起看我的笑話嗎？是不是下次回老家的時候要到處去宣傳，說我被人開除了？不過，還是硬生生把後面的話吞了下去。真要說出口的話，只會讓自己更難堪。

昌男惡狠狠的瞪著村上。

「哎，別那麼生氣。」村上依舊是滿臉笑容對他說：「我之前說有件事要告訴你，其實和他有關。」

「什麼？」

「就是對你的未來可能有幫助的事。」

結果，在村上及山下的邀約之下，一起到附近的酒吧去了。

「首先，要跟你解釋清楚，以免你誤會。」走到店後方的座位，山下一邊坐下，一邊對他說：「我們畢業之後就沒聯絡了，所以你可能不知道吧。我的第一分工作是在五菱銀行。」

的確是第一次聽說。不過他竟然進得了五菱銀行，真是讓人嚇一大跳。

「我在那裡待了八年左右。上次，他找我出來……」用下巴指了村上，「要我跟他說明銀行派系的問題。還拿了一分資料給我看，要我判斷一下資料上那個人，如果繼續做下去的話，還有沒有升遷的可能。」

昌男看了村上一眼，村上這時把臉轉向另一邊吐了一口煙。

「當然，那分資料上並沒有以前的學、經歷等等記錄，所以我也不知道那是誰。到目前為止，你都聽懂了吧？」

「嗯。」

「好。於是我就看了那分資料。老實說，你在企業徵信調查部的表現還真不錯。可是，銀行合併後被調到現在的電匯部門，看起來就是要死不活的樣子。可以說前途是黯淡無光的吧。而且，你又是三友派的，立場更是薄弱。」

「所以……？」

「所以，我就告訴他，這個人再待下去也沒什麼搞頭了。可是，我個人對這傢伙，也就是你，在企業徵信調查部的表現，相當感興趣。」

店員端上三杯啤酒。山下喝了一口，又繼續說：「接下來，就進入主題了。我目前工作的地方是一家以企業合併、收購為主體事業的公司。這家公司叫『Japan Capital』，員工大約二十人。」

昌男越聽越感到訝異，不禁點了點頭。

「Japan Capital」……以前好像在哪本財經方面的雜誌上看過。好像是說，以這樣的企業型態能在日本嶄露頭角，實屬難得之類的。而且以年獲利百分之三十來招攬投資客，藉以募集資金。記得當時看到這麼高的獲利率，整個人都傻住了。也就是收購企業之後的隔年，股價必須提高三成，兩年後要六成，才能確保投資客的獲利。在這種嚴苛的條件下，據說該公司仍然穩定成長，持續獲利。說也奇怪，自己竟然還記得當時的報導。

「這家公司我知道，以前好像在哪裡看過它的相關報導。」

昌男這麼一說，山下笑得瞇起眼來。

「那就省得我多費唇舌了。其實我們的業務內容，和你過去在企業徵信調查部所做的差不了多少。」

「好像是吧。」聽到這裡，似乎開始明白山下接下來要說些什麼了。「除了募集資金的部分以外，大致上差不多。」

「是啊，這部分確實不同。」山下點點頭又說：「這家公司的員工，每個人都是完全獨立的個人商店。公司將合乎員工位階的企業個案交付之後，基本上由資金募集到企業合併重組等等過程，全由員工個人獨自完成。進入公司的頭一年就是 Grade 1，每兩年由老闆親自考核，決定是否可以升級。位階升一級，可以接手的企業個案規模就大兩倍，當然，薪水也會加倍。以我個人來說，我進這家公司第三年了，去年通過審核，現在是 Grade 2。當初還是 Grade 1 的時候，年薪是六百萬，所以今年的年薪，你應該猜得出來吧。」

昌男點頭。今年是一千兩百萬吧，如果順利的話，下一次就是二千四百萬。相對而言，手上的案子也越接越大，壓力越來越重，絕對不輕鬆。

難怪山下在說明時，不說「我們公司」，而是說「我現在工作的地方」。越是能夠和公司站在同一陣線，就越可以看出那不是一個可以混水摸魚的地方。也可以說，有這種自知之明的人，才能在公司生存下去。

果然，山下說到重點了。

「當然不是每個員工都能順利升級。如果連續兩次考核都沒通過的話，公司裡就沒有他的立足之地了，除了辭職不會有第二種選擇，所以這家公司經常處於缺人的狀態。」

至此，昌男已經忘了剛才發脾氣的事，只是苦笑著。同時，他也更加確定山下接下來要說些什麼。

「說它是一分值得投入的工作，應該不為過。雖然收入也很重要，但那並不是重點。因為收入是你費心經營事業之後應得的報酬，至於值不值得去做又是另一回事了。」說到這裡，又看著昌男淡淡笑了一下。「你也做過類似的工作，相信你應該明白我在說什麼吧？」

是的。這次昌男非常肯定的點點頭。

一瞬間，有一種奇妙的感覺——眼前的這兩個人，村上和山下，他們高中的時候老是一副滿不在乎的樣子；可是現在，兩人的表情卻認真又充滿自信，不可同日而語。工作確實會改變一個人。

山下繼續說：「本來，我的老闆就常提醒我們，如果有好的人才一定要網羅進來。剛好上星期，我看了那分資料之後就印象深刻，而且據上面的記錄，這個人……也就是你，又是和我們同一年出社會，更讓我非常好奇。於是，無論如何都要他告訴我這個人到底是誰，結果這個白痴就……」又用下巴指指村上，「說什麼這是業務機密，不能曝光，又編了一堆愚蠢的藉口，就反而讓我更加確定，這一定是我認識的人沒錯。」

昌男聽了也覺得好笑。

「所以我對他說，如果這個人確定要離職的話，一定要讓我跟他見個面認識一下。他還是拒絕我了。結果，上星期四不知道他哪根筋不對，竟然打電話告訴我，說那個人其實就是你，還安排了今天的聚會。」

原來是那一天。第一次面談結束之後，在大馬路上起了爭執的那天。

不禁轉過頭去看著村上。村上一臉嚴肅的樣子對他說：「只是找老同學出來聚聚的話，立場就不一樣了，所以我們彼此心照不宣吧。」

「當天，我馬上要他把所有關於你的資料傳真過來。」山下接著說：「隔天就去跟我老闆談了。他表示，如果不見面聊聊的話其實很難做決定，可是看到你過去優異的表現，應該不會有什麼問題吧。所以我決定先和你見面再說。說到這裡，你應該都明白了吧？我今天就是來給你面試的。」

「我也有件事要說。」村上開了口。「下禮拜就是最後一次面談了。雖然已經把你介紹給山下，再說這些好像有點奇怪，可是只要你過得了這一關，依照勞基法的規定，銀行方面也不能再強迫你辭職。所以，到時候你可以決定要暫時留下來，或是怎麼辦，就看你自己了。」

九點過後，他們散會了。

在東京車站和兩人道別之後，昌男搭上京濱東北線。到達最遠的南浦和站還有一段時間，昌男隨手翻閱山下給他的 **Japan Capital** 公司簡介——員工二十二人，年營業額一千七百億，經常性獲利三十六億。

令人嘆為觀止。

確實是一分很吸引人的工作。但是光看這數字也知道，恐怕不是隨隨便便可以達到的業績，必須付出異於常人的努力和心血。

山下說，這裡不會有什麼派系問題。

「應該是說，忙到沒有空搞這些東西吧。我們甚至連頭銜都沒有，只會依照你的業績來決定你的位階。更不會有什麼『踩在別人頭上往上爬』的問題，所有的一切都掌握在自己手中。每個人的學經歷天南地北，各不相同。有哈佛商學院的，也有東京大學、劍橋大學的。大約有三成以上是 **MBA**。當然，也有像我這種，連學校名字都沒聽過的。我們最大的共同點就是，為工作鞠躬盡瘁死而後已。」

這樣的公司……自己能在裡面找到立足之地嗎？

單純以工作內容來看，過去在企業徵信調查部所累積的經驗，倒是給自己增加了一些自信。

可是，每兩年就會呈倍數成長的業務量，無論是體力或精神上，都是極大的負荷吧。自己到底能否勝任？

就這麼反覆斟酌的同時，已經到了南浦和站。

走回家差不多需要十分鐘。他穿過車站東邊的圓環，往家裡的方向慢慢走著，沒多久就過了霓虹燈閃爍的大街，進入住宅區。

走了一會兒才發現，腳下的影子在柏油路上拉得好長。抬頭一望，看見車站前稀稀落落的房舍上方，一輪明月正掛在半空中。

他突然想起山下隆志，轉學來的第一天唱了那首〈礦坑小調〉，把昌男和其他同學都嚇壞了。

搖搖頭，苦笑了一下。

這時候，屬於故鄉的老舊回憶也一一浮現眼前。那間小小的「池田裝修店」、手藝很好的父親、為了家中開銷搖頭嘆氣的母親，還有醬油飯。

這才想起來，當初為什麼選擇經濟系，為什麼那麼執著於企業徵信調查部的工作。

是啊。

兒時還懵懵懂懂，說不出所以然的自己，曾經夢想過，將來要把池田裝修店變成有制度的企業，讓父親無後顧之憂，盡情展現他的手藝，母親也能輕鬆過日子。因此才會對企業經營萌生興趣，對企業徵信調查部的工作充滿狂熱。現在還是一樣吧？兒時的遠大志向應該不是那麼輕易就改變的吧？就好像，小時候愛車，大概一輩子都會愛車吧。

一個人邊走邊笑。似乎覺得剛才煩悶無奈的情緒，都已一掃而空。

只要回歸基本面，所有的事情都會變得單純。既然想要這樣，就這樣去做選擇，這才是工作的最大意義。

不過，在這之前還有一件事要解決。

到了家門口，一邊按下門鎖密碼一邊想，房貸還要繳二十五年……她會同意嗎？

電梯停在八樓，往八〇三室走。按了門鈴。

輕輕響起金屬碰撞的聲音，門開了。「你回來了，」彰子在門後露出半邊臉，「怎麼樣？和老同學的聚會還好吧？」

「嗯，還好。」一邊回答，一邊和彰子走進客廳。昌男在沙發上坐下，彰子往廚房走去。

「要不要吃點什麼？」

「哦，不用了。」就是現在。如果現在不把握機會說出來，恐怕又要拖拖拉拉好一陣子吧。

「倒是有件事……我想跟妳商量。」

「什麼事？」

「妳先過來這裡坐下吧。」

彰子過來和他面對面坐著。不知為何輕輕嘆了口氣，然後抬起頭來看著昌男。

「然後呢？」

「就是……」其實根本還沒想好要從何說起。這時，她竟然苦笑了一下。

「終於下定決心了嗎？」

「咦？」

「你想辭掉銀行的工作是吧？」

突然間被她一語道破，昌男震驚得都要跳了起來。

「為、為什麼妳會知道？」

「我又不是傻瓜。」她又笑著說：「你自從調到現在這個部門之後，就不曾再對我提起工作上的事了，而且老是嘆氣。不像從前，一天到晚誇耀自己的業績。」

昌男忽然感到有些怯懦。

可是事實上也因為她的開門見山，反而讓昌男鬆了一口氣。

「沒錯，正如妳所說的沒錯。」

起了一個頭，就再也停不下來了。把這幾年來心中的煩悶懊惱，一股腦的通通都說給她聽。銀行合併後，企業徵信調查部被納入貸款部裡的事；因為這樣做起事來綁手綁腳的情形；因為和同事吵架被調到現在的電匯部門；對現在的工作完全沒興趣；還有，就算繼續留下來也只會成為派系鬥爭的犧牲品等等。雖然是自己一直引以為恥的事，還是毫不隱瞞全都說了出來。

昌男說話的時候，她只是一直盯著他看。

「……所以，我不想再待在銀行裡了。其實這一年來，我不斷在考慮這件事。」在說明的同時，似乎也整理出一個頭緒。「只是不管我怎麼反覆思考，就是無法對妳說出口。」

「為什麼？」

「之前妳不是說過，如果不是一個真心喜歡自己現在工作的人，妳沒有辦法跟他繼續在一起？剛開始，我只是想要辭職，可是辭職之後要做什麼卻完全沒有一個方向，所以也無法找妳商量。」

說完，從公事包裡拿出 Japan Capital 公司的簡介，遞到彰子面前。

「這是？」

「是我接下來想去的地方。」昌男回答：「其實，今天就是去談這件事。這是一家企業併購重組的公司，工作內容相當繁重。」

接著，就把這家公司的業務內容簡單扼要說明一遍——業務本身和過去在企業徵信調查部所做的差不多，但是個人所承擔的工作量比較大；每兩年要接受考核，通過的話，收入和業務量將加倍，連續兩次沒通過的話，就無法在公司立足。目前大致上確定可以進去沒問題。

「這家公司的業績沒什麼問題，將來的發展應該不錯。問題是，我自己是否能夠勝任這樣繁重的工作。也許，過沒幾年就被淘汰了也說不定，又或者發現自己根本力不從心也很難說。可是，只要彰子妳贊成的話，我願意試試看。」

一口氣說完以後，再度望著她。

她笑了笑。「如果我說不行呢？」

「那……可是，我很想試試看。」不禁支支吾吾起來。

「不行。」雖然她臉上還掛著笑容，卻乾脆的回答：「我說不行。」

昌男原本興致高昂，一下子被潑了一盆冷水。唉，好不容易才鼓足勇氣說出口，而且現在的工作繼續再做下去，只會讓自己更沒出息罷了……。

可是，彰子這樣想也沒錯。

自己只顧著工作，完全沒考慮到兩個人日後的生活保障。她會這麼說也是理所當然。其實她從以前就這樣，遇到一些重大的決定，她絕不會敷衍了事，隨隨便便就說：「好啊，你去試試看啊。」因為她知道，要對自己的話所帶來的後果負責任。

其實自己也是因為喜歡她這種冷靜的態度，才選擇了她。

那麼，該怎麼辦呢？就算辭了現在的工作，還可以去找別的；如果只是為了生活的話，隨便什麼工作都可以做。這世上，很多人都是這樣的吧。

不過，她要的應該不是這個吧。她會認為我在逃避，一開始就想逃避，所以才……。這絕不是她要的答案。

她要的是什麼？是覺悟嗎？

突然想起以前工作上發生過的事。

再考慮了一下，問自己真的能做到嗎？

有點惶恐。光是用想的就已經頭皮發麻了，可是，這件事是不能光說不練的。

去你的……終於下定決心。覺得自己快要哭出來了，用顫抖的聲音對她說：「我的壽險有兩億。萬一怎麼樣的時候，妳明白我的意思吧。無論最後用不用得到，我是已經有了這樣的覺悟，才想接下那分工作。」

過了好一會兒。

「了不起！」她大聲叫好，突然站起來繞過桌子走近昌男。「說得好！昌男，了不起！真是太帥了。」像連珠炮一樣劈里啪啦讚美，兩手捧著他的臉左右搖晃。「放心，我絕不會讓你去做那樣的傻事。要是真的怎麼樣的時候，我們還有房子可以賣，我也可以去工作啊。」

一邊說，一邊把昌男的頭緊抱著埋進自己懷裡。啊，快不能喘氣了，可是好溫暖。而且還聽得到頭頂上傳來她的聲音，她用微弱的鼻音說著：「昌男，辛苦你了。你真是太了不起了。」

昌男也哭了出來。

7

第二次面談結束的那個週末。

星期六。

真介驅車前往羽田機場，陽子搭的飛機下午三點會到。出差兩個禮拜，她應該累壞了吧。真介下了高速公路，把車蓬蓋打開，沿著灣岸道路前進。

過了大井南叉口的時候，放在飲料架上的手機響了起來。雖然「違反交通規則」的念頭在腦海裡閃過，結果還是單手握住方向盤，伸手接起電話。

「喂？」

「真介，是我啦。」是山下。「我想先在電話裡跟你說一聲。」

「什麼事？」

「就是池田的那件事。今天他來公司接受我老闆的面試，剛剛才結束，準備要走了。面試結果合格了，九月開始上班。」

「太好了。」

「這樣一來，你手上可以炒魷魚的又多了一個人囉。」

真介笑了起來。「是啊，是這樣沒錯。」

「我們三個人都各得其所，實在是皆大歡喜啊。」山下興奮的說：「下個月找一天來慶祝慶祝吧！」

「嗯，聽起來不錯哦。」

「那就先這樣囉。」

掛了電話，把手機放回飲料架上。

時速八十公里。七月的大太陽下，真介依然悠哉的開著車。

瞄了一眼儀表板上的時間，下午二點四十分，到羽田機場還有兩公里。一切都很順利。

不會讓陽子拖著行李在出口等太久。

第四部

一籌莫展

1

十月。

星期天下午，真介在名古屋車站的月臺下車。

其實隔天再到就可以了，這裡的面談預定下星期二開始，就算是星期一下午才到，和對方的人事部長開會、準備面談會場的布置等等，在時間上來說也綽綽有餘。真介公司裡的其他同事和川田美代子都是明天下午才會到。

昨晚，陽子也因為真介要提早出差，在床上碎碎念了好久。

「最近我們兩個都很忙，除了週末幾乎找不到時間可以見面，不是嗎？」講著嘴都翹了起來。「你們公司又沒有要求你提早到，幹嘛趕著星期天中午就要出發？」

接下來的對話，他幾乎都可以想像得到。她應該會說：「你還不如把那些時間拿來陪我。」

真介在被子裡突然伸出右手摟著陽子的腰。

「你要幹嘛？」陽子驚叫：「不是才剛做過？」

「我也想多點時間跟妳在一起啊。」因為心裡真的這麼想，就厚著臉皮說出肉麻的話來。

「可是明天開始見不到面，今天晚上就再多來一次吧。」摟著腰的手慢慢往上移到胸部，輕輕捏著她的乳頭。「就特別再為妳服務一次吧。」

「豬頭。」陽子不假思索。「明明是你自己想要，幹嘛賴到我頭上，好像給了我多大恩惠一樣。」

真介不禁笑了起來。就是喜歡她這種潑辣的樣子。

「那也是服務的內容之一囉。」

她輕輕笑了一下。真介將左手移到她的私處撫摸著，用指尖撥開陰毛，觸碰那塊敏感的地方，再用指腹撫弄濡溼的陰蒂，已經溼透了。乳頭也硬挺了起來。

到最後一次面談結束為止，要在名古屋待兩個星期。今天一大早分手的時候，她說：「你週末會回來吧？」

「當然囉。」真介說：「為了見妳一面，我一定要回來。」

「哼！也不知道你說真的還假的。」她苦笑。

真介最近開始覺得，當她用這種語氣說話的時候，似乎會不經意的流露出比真介年長的事實。

真介提著旅行袋從月臺階梯往下走，進入車站。朝著櫻通出口走去，看見從天花板垂掛而下的大看板。

☆歡迎光臨☆　金鯱睨視天下的名古屋城車站！

沿路兩旁都是販賣紀念品、名產的小店鋪，米粉涼糕、味噌烏龍麵、寬麵、天婦羅飯糰、真空包裝的蒲燒鰻、冷凍的炸蝦、味噌豬排飯的醬料，還有適合饋贈親友的烤雞翅口味餅乾、味噌口味餅乾棒等等。和大阪一樣，名古屋的飲食文化也獨具一格。

穿過中央大廳，走出櫻通出口。

眼前出現一個像是鋁製的巨大螺旋狀作品，被車站前的圓環包圍著。想往計程車招呼站走去時，看見圓環左邊有一棟舊大樓，屋頂上的看板寫著「大名古屋Builting」。到底是什麼東西「大」？為什麼是「Builting」，不是「Building」？真介看了好一會，往搭車的地方走。停在最前面的那輛計程車，車頂上有一個招牌寫著「第一鯱車行」。又是「鯱」，記得那家以做印章聞名的企業，名字裡也有個「鯱」字，也是名古屋當地的公司。一面胡思亂想一面坐進車子。

「請到城堡飯店。」

「好——的。」

有點年紀的司機先生拉長了聲音回答，接著，車子開始滑行離開了圓環。真介靠在椅背上，看到前座的椅背貼了一張司機的簡介。

第一鯱車行

司機　藤本榮吉（昭和二十三年五月二十五日生）

興趣　看電視、養寵物（吉娃娃）

唉，如果是京都那種觀光地也就算了，到底是誰規定計程車司機一定要寫這樣的簡介？連興趣都要寫出來？看電視、養寵物也算是興趣？實在有點奇怪。

不過後來再想想，大概是因為這樣寫的話，如果剛好載到有相同嗜好的客人，一路上就有話題可聊了吧。出生年月日也是一樣的作用，算是一種服務內容吧。

突然想到，前幾天在報紙上看到一篇報導。據說新蓋好的中部國際機場裡設有結婚會場和大澡堂，也就是在名古屋舉行結婚典禮之後，可以馬上出發度蜜月；班機回程的時候，不只是度蜜月的新人，其他的旅客都能在機場洗一個舒服的澡再回家。讓人一方面覺得的確服務周到，另一方面卻又有一種說不上來的滑稽感。

實在是一個很有趣的地方。

這是真介對這裡的第一印象。

2

大約有二十公尺高吧。

秋天的陽光透過挑高的玻璃屋頂照射進來。這是設在戶外的展示會場「Oasis 21」，玻璃屋頂上有一點點水珠，讓整個會場看起來閃閃發亮。

「由我們豐發汽車最近所推出的大型房車『Trolle』，它的內裝設計就如同一艘舒適的遊艇，提供您寬廣且自在的空間……」一成不變的臺詞和語氣，日出子一手拿著麥克風繼續介紹，眼前大約有三十名觀眾圍繞著她。「此外，它的外觀也延續海洋的概念，整體呈現波浪般的質感，並有七種顏色供您選擇：首先是我們的概念色，海水藍，還有酒紅、英格蘭綠、檸檬黃、珍珠白、鈦金屬黑、淺灰色等等。」

說明的同時，單手拿出色板展示給觀眾看。

「哦——」右半邊的聽眾，發出一陣像是帶著揶揄口氣的感嘆聲。這群歐吉桑、歐巴桑一派輕鬆的樣子，用的雖然是名牌，身上的衣服卻很不起眼。日出子可以想像得出來，他們應該是從渥美半島包車來觀光的旅行團，到名古屋一日遊，參觀一下最近人氣很旺的景點，順便看看這個位於市中心立體公園內的戶外展示會場Oasis 21。

心裡一邊想，嘴巴還是念念有詞不停的說著：「為您說明這輛Trolle的規格：排氣量四千兩百cc，引擎使用最新設計的V型八汽缸，馬力是……」

喀嚓！

嗯？

持續介紹，並且不露痕跡往左手邊瞄了一眼。

果然沒錯。

額頭上長了些青春痘的偷拍狂，身上穿著的是洗到發白的牛仔褲和白色網球鞋，手上卻拿了一臺裝有遠鏡頭、看來不便宜的相機，和沒品味的穿著正好成對比。鏡頭對準的顯然並非她身後的車子，而是她的腰部。從下午開始已經站了三小時，穿在身上的緊身裙慢慢的由大腿往上縮。他應該是在等她穿幫吧。

喀嚓！喀嚓、喀嚓！喀嚓、喀嚓！

按快門的聲音又響起，而且是連續拍攝。心裡實在很不舒服。原本以為這些人早就死光了，誰知道就像打不死的蟑螂一樣陰魂不散。真是令人討厭的偷拍狂。

喀嚓！喀嚓、喀嚓！

去你的……到底拍夠了沒？

不慌不忙，迅速把手放在腰部，再偷偷拉拉裙襬。這動作，只有那個偷拍狂才會明白吧。不知道他是感到有點不好意思還是怎樣，竟然放下了相機。

算你識相。

總算搞定了眼前這個討厭鬼，可以專心說明下去，但心裡那種不滿的感覺又慢慢浮現。這樣的狀況差不多是一個多月前開始的。

就算是工作，好歹我也已經二十八歲了，為什麼非得叫我穿這種短到不行又緊得要命的裙子？並非每個男人都是紳士，穿成這樣實在很難堪。公司也真是的，叫那個什麼服裝科長選了這種衣服，到底是搞什麼鬼。一樣都是女人，難道無法體會在眾人面前暴露身體有多尷尬嗎？再說，大多數的活動都是在戶外舉行，無論酷暑或寒冬都得整天站著不停說話，一整天下來，小腿硬得像石頭一樣，聲音也沙啞不堪，被惡毒的太陽晒到發暈，根本就像在做粗活。

更可惡的是，我們工作得這麼辛苦，前幾天竟然還聽說公司方面提出了裁員計畫，而且這個星期就要開始面談了。真是讓人再也無法壓抑心中的不滿。

心中感慨萬千啊。然而，這樣的辛酸卻只能自己一個人承受。

因為這是一個販賣夢想的行業。

十年前剛進公司的時候，就是這麼被訓練過來的。直到今天，日出子依然這麼認為——夢想之中，不可以有疲憊或不滿。所以，絕不能露出疲態，臉上要隨時掛著笑容。

「……因此，當車子高速行駛時，依然可以保持平穩，提供您一個安全舒適的乘坐空間。說它是一艘陸地上的油輪，應該也不為過。」

以此作為最後的總結。

「不知各位是否有任何疑問呢？」

剛才的旅行團當中，有一個人悠哉的問道：「小ㄗˇㄝ，阿……它的馬力ㄙˋㄨ多少啊？」

天吶……可惡……不是剛剛才說明過的嗎？

不過，日出子還來不及開口，那名中年男子身旁的歐巴桑就用手肘頂了他幾下。

「阿你這樣不行啦，都沒有ㄉㄨˋㄣ真在聽。這個剛剛小ㄗˇㄝ都ㄙㄨㄛ過了啦。」歐巴桑一臉得意的說。

是啊，妳說得沒錯，再多說一點。

「阿……它的馬力素四千兩百啦。」

喂……喂……日出子簡直快昏倒了。

妳說的那是排氣量吧。又不是坦克車或戰鬥機，市面上去哪裡找四千兩百馬力的車子啊？

想當然耳，旁邊的觀眾都笑了起來，反而讓現場氣氛緩和許多。

日出子也覺得心情穩定了些。這是一分販賣夢想和氣氛的工作，我們的任務就是讓客戶感受到快樂。

站在中間的一個年輕人開了口：「請問一下，這輛新型車在豐發的頂級車款當中，是屬於哪一系列的後繼車種呢？」

嗯，相當專業的問題，值得回答。日出子稍稍恢復士氣，針對這個問題提出答覆。

「是的。在我們豐發汽車有四十年歷史的 Mark Ⅲ 車種，很可惜今年春季已經停止生產，作為這款 Mark Ⅲ 的後繼車種……」

向客人說明的同時，發現那年輕人的左後方站著一個穿西裝的男人，兩手交叉在胸前，正在看著自己。看起來差不多三十出頭吧，對於他的存在，有一種說不出來的奇怪感覺。

她馬上就發現哪裡不對勁了。

今天是假日，可是他卻西裝筆挺。雖然也有可能是全年無休到處跑業務的業務員，可是為什麼兩手空空什麼也沒帶？而且看起來也不像 Oasis 21 的工作人員，當然更不是日出子公司的職員。要說他對這輛車有興趣嘛，好像又不是那麼認真在聽解說。

到底是何方神聖？

一天要面對數十人，多的時候數百人，而且工作了十年之久，日出子對自己的觀察力相當有自信。

「……於是，我們開發了 Trolle 這個新型車款。」

緊接著在左手邊那個偷拍狂的背後，又有人提出問題：「這輛車屬於豐發汽車的哪一個銷售系列呢？」

一邊回答，一邊偷偷觀察剛才那個男人。

瘦長的身材，穿上那件三排扣的深色西裝，更顯得纖瘦，但並不是弱不禁風的那種樣子。看起來對於穿著打扮下過一番工夫。五官的位置適中，算是相貌堂堂的美男子。嘴角浮現服務業特有的職業笑容，有一點牛郎的味道，不過應該不是牛郎吧。總之，整體的感覺算是不錯的。

他到底是誰？還是一肚子疑問。

「請問——這輛車的鋁合金鋼圈或電鍍部分的配備是……」

左手邊又有人發問。不知是不是因為剛才那個歐巴桑的關係，突然間大家都解除了緊張感，問題多了起來。

「嗯……關於這個部分，請您看這裡……」說著，拿起了腳邊的資料夾，一邊翻一邊說明。

「也許看得不是很清楚，這裡的鋼圈有三種、電鍍部分有兩種，內裝的顏色則有五種可供您參考。不過，詳細的內容還是要勞煩您前往各銷售據點詢問，我們將有專人提供您更進一步的解說。」

說完，再抬起頭時，剛才那男人已經不見蹤影。環視會場找了一下，只看見那男人正要離去的背影。

3

都是女性的場合，實在有些棘手。

真介不禁感嘆起來。

星期四。開始面談已經過了三天，每天都要負責五個人，而且全都是女性。到今天中午為止，總共見了十二人，吃過午飯後，現在剛談完下午的第一個。

清一色都是二十歲左右的單身女性，而且是國內首屈一指的汽車製造商「豐發汽車」的展示小姐。不論臉蛋或身材，都是經過千挑萬選的，大多數伶牙俐齒，看起來精明幹練。簡單來說，正是真介喜歡的哪一類型。

只不過，當她們面臨真介的勸退時，還是免不了淚眼婆娑並緊緊瞪著他，握緊雙拳，雙脣顫抖。有些人甚至還會邊哭邊抱怨。

對這些長期從事展示工作的她們來說，要回到一般內勤工作並不容易。雖然公司本身也有調派三十歲以上者負責活動企畫的轉任制度，但這是針對留任者而言。一旦她們被裁員之後，要再找類似的工作相當困難，大概只能到人力仲介公司登記求職。這麼一來，不但沒有固定收入，還得搬出員工宿舍。

實在是非常棘手。覺得自己似乎變成一個無情無義的大壞蛋。

即便是身旁的川田美代子也一樣。平常不輕易流露感情的她，竟然有時也不禁暗自嘆息。或許是因為同樣站在女性的立場上，特別能夠體會她們的心情吧。

「妳看起來有點累。」

真介這麼問，她只是淡淡笑了一下。

「是有一點。不過沒關係。」

公司大約是兩個月前接下這個案子的。

一如往常，由老闆高橋出面而得到這筆生意。高橋似乎和豐發汽車交情匪淺，這次也是經由豐發的介紹，才認識了隸屬其下、專門負責安排活動展示人員的子公司「T Staff」的老闆。

這家 T Staff 是由總公司的公關部第一營業課獨立出來的公司，員工共有六十名，業務內容就是負責豐發汽車的各種宣傳展示活動，例如在總公司的展示廳、幕張會議中心舉辦的車展，或是各經銷商主辦的活動。

高橋在事前的工作會報中，說明了上述內容之後，又加上幾句：「相信各位都已經了解了吧？所有的面談對象都是女性，而且都是條件相當不錯的美女。」甚至開玩笑說：「你們也都還年輕，而且單身的還不少。其中或許會有你們心儀的對象出現也說不定，但是請各位切記，一定要坐懷不亂喔。」

真介和同事們一聽，都大笑起來。

T Staff 之所以要縮小編制，主要是因為豐發汽車的宣傳活動減少了。大約從兩年前開始，總公司將各地區銷售據點的帳目都獨立出來，所以各項促銷活動不再經由總公司安排，費用支出當然也是由各據點自行負責。近來，大家縮減經費，公關宣傳活動減少，因而導致這波裁員行動。

在相關業務內容介紹的資料中，有一分是這個月的活動表，裡面詳細記載了活動舉辦的時間和地點。真介隨手翻了翻，發現剛好面談之前的那個星期天，在名古屋最熱鬧的地方有一場豐發汽車的展售會。

他想了一下。

目前為止，雖然面談過無數家企業的員工，卻幾乎無緣見識到他們實際工作的樣貌。其實之前就曾考慮過，如果要深入了解面談對象的工作內容，還是有必要實地進行觀察。

因此，他特別提早一天前往名古屋。進了飯店，放下行李，就馬上往活動會場 Oasis 21 出發。

「好吧。再來……」

看了牆上的時鐘，下午二點二十五分。接下來的面談，是從三十分整開始。

「美代，下一分資料。」

「是。」她把今天第四個面談者的資料放在真介手邊。

打開封面，第一張履歷表上寫著：飯塚日出子。

老家在愛知縣瀨戶市，是以陶瓷器產地而聞名的城市。當地高中畢業後，就以特殊身分進入豐發汽車公關部。她從中學開始就是念名古屋市區的游泳學校，高中畢業那年在全國女子一百公尺自由式當中排名第九。所以，一直到三年前為止，在公司除了一般的展示工作之外，下班後還得留在公司贊助的代表團裡繼續磨練泳技。

關於這部分，T Staff 的人事部長還額外提供了一些資料。

據說，後來她因為七年來一直沒有傑出表現，加上年紀的關係，離開了代表團。此外，恰逢公關部第一營業課獨立出來，展示宣傳的活動會場擴及全國，她們出差的次數一頻繁，更不可能有時間練習了。

再看一次右上角的照片。嘴角微微緊閉上揚，看起來一副認真的模樣。

真介在Oasis 21見過她一次。因為事前粗略看過一遍資料夾，所以在現場眾多展示小姐之中，認出了幾個自己將要負責面談的對象。不過他並非都能馬上就認出來，通常必須想好一會兒。

可是不知為什麼，唯獨這個叫飯塚日出子的，他一眼就認了出來。

到底是為什麼呢？不是因為她長得醜或特別漂亮。以她的姿色而論，在這個美女如雲的團隊當中，應該算是中下吧。當那個偷拍狂糾纏不清，她故意裝作若無其事卻又死命把裙襬往下拉的樣子，或是聽到觀眾提出奇怪問題時，突然皺起眉頭的率性表情……不過，總覺得似乎並非因為她坦率的表現而讓他印象特別深刻。

再次認真看了照片。

總算發現原因了。他幾乎笑出聲來。

是因為她突出的額頭——她的額頭，由髮際到眉毛上方像半顆雞蛋一樣凸了出來，像是在強調自己的存在。

之前和陽子一起看過一齣瑞典的電影《Lotta 第一次上街買東西》裡的小女生Lotta，就是長這個樣子，看起來很固執，很倔強，又好強，常常把朋友搞哭。

原來是這樣啊。

接著，面談室的門「叩！叩！」響了兩聲。

4

請進。

咦？這聲音，聽起來滿年輕的。

心跳還是無法控制，急速加快。就算對方很年輕，他仍是個專門炒人魷魚的專家，千萬不能大意。更何況我根本不想辭職，絕不能輸了。一邊為自己打氣，一邊故意大聲的為自己壯聲勢：「打擾了。」然後走進面談室。

迅速觀察室內的狀況。正前方的辦公桌後坐著一個男人，他旁邊有一個女的。這男人大概和自己差不多歲數吧，那個女的肯定年輕一些，也算得上是個美女。

那男人站了起來。「不好意思，百忙之中，請您抽空過來。」穿著三排扣藍黑色西裝，細條子襯衫，紅、黑、白相間的領帶。他盯著日出子說：「我是村上，這次將由我負責與您面談。請多多指教。」

咦？

日出子愣住了。

對方還是滿臉笑容，伸出手來招呼她坐下。「來，這裡請坐。」

眼前這個男人……沒錯，就是他，就是這個星期天在 Oasis 21 看到的那個人。可是……為什麼？怎麼這麼巧？腦袋裡一片混亂。

「請。」

像個機器人一樣，聽從指示，坐了下來。

突然……啊！我知道了！他是去暗中調查，看我們工作的樣子。

沒錯，一定是這樣！

還算得上是個男人嗎？竟然偷偷摸摸調查我們。難怪在展示會場上，我們累得要死，他卻兩手交叉放在胸前，面帶笑容，一副輕鬆的模樣。太過分了，真是卑鄙。

「您要來杯咖啡，或是什麼嗎？」

「不必了。」用強烈的口吻拒絕，自己也嚇了一跳。「還不如言歸正傳，速戰速決吧。」

對方顯得有些驚訝。嗯，嚇到了吧。

這個叫村上的男人，稍微咳了兩聲清清喉嚨後開始說：「那麼，我們就直接進入今天的主題。」他打開桌上的資料夾。日出子快速的瞄了一眼，只見那資料的右上方，有一張自己看起來呆呆的照片貼在那兒。她感到有些退縮，覺得自己好像會輸掉。「相信您已經知道，貴公司正在進行大規模的裁員計畫，預計由六十名員工中，刪減二十名。」

這種事我當然知道。日出子暗自咒罵，並故作堅強。

「老實說，這對飯塚小姐還有其他員工來說，都是相當重大的考驗。而且經營者也並非完全沒有責任……」

村上囉哩囉嗦的幫公司說了一堆藉口之後，用加強的語氣說：「所以，如果您能夠同意提前離職的話，公司方面也非常願意竭盡所能，提出優厚的待遇……」

當日出子還來不及反應時，就已經開始在說明提前離職的優惠條件了——也就是，公司規定的離職金加倍、有給休假的津貼給付、還有公司股分以市價再加上一點五成買回，離職後一年內都可申請在職證明等等。嗯，看起來公司方面好像真的覺得理虧。在這種不景氣的時候，這樣的條件算是相當不錯的。

咦？等一等。

一瞬間，對自己剛才那麼天真的想法感到氣憤不已。

搞什麼鬼，自己怎麼那麼容易就被擺平？還有，這家公司也太隨便了吧？

在國內，豐發生產的汽車數量排名第一；就算在全世界，也以超過八百萬臺的總生產量排名第二。在日本國內，和 Sony 或松下電器並駕齊驅，過去六十年來，無論經濟如何不景氣，其他同業如何進行大規模裁員，都秉持一貫的終身雇用制度及年功制度的傳統。也因為如此，員工才能安心地為公司全力打拚，讓公司不斷成長，成為人人稱羨的優良企業。

當年日出子即將就業時，經濟已經相當不景氣。曾經在全國比賽中表現優異的她，除了豐發之外還有五、六家企業贊助的代表團也積極想要延攬。其中，原本有幾家公司比豐發還讓她心動，但最後聽從父母和學校老師的建議，選擇了這家讓人覺得安心的公司。

記得，當時大家都這麼說：「如果是那家公司的話，就算婚後還想去上班，他們也會照顧妳一輩子的。」

現在這到底是怎麼一回事？這家公司到底是怎麼了？進公司不到五年，就把整個部門變成子公司；又過了五年，竟然勸我要識相點、自動離職。

越想越氣。

眼前這個男人還在那裡胡說八道。

「不知您意下如何？如果可能的話，您是否願意考慮一下這樣的條件呢？」

日出子發現自己拳頭緊握。

「沒什麼好考慮的。我現在根本不打算要辭職。」鼓足了勇氣，像是在宣示一樣，而且一開口就再也停不下來。「首先，如果我在公事上有任何缺失，或客戶對我有負面評價的話又另當別論。但是我不認為我在工作上的表現有任何瑕疵，因為我每次的績效考核成績都還不錯。您或許並不知道，在這十年當中，我的績效考核不曾有過「A以下的成績。為什麼像我這樣的人，還得要接受勸告自動離職？」

難道是錯覺嗎？為什麼覺得對方的眼角浮現一絲淡淡的笑意？

「您會如此不滿，也是應該的。」

她還來不及開口，村上又接著說：「不過，以我們的立場而言，只是接受貴公司的委託，優先約談比較可能考慮上述離職條件的員工。因此，員工的績效考核或工作表現並非我們的主要參考資料。這也是我一開始就先向您說明那些優退條件的原因。」

「如果是這樣，那麼我並不想離職。」日出子說：「不管是業績也好，或個人問題也好，依照你剛才的說法，並沒有什麼是我非走不可的理由，對吧？」

一瞬間，兩人沉默以對。

「這裡有一分關於貴公司員工的資料。」村上打開另一個放在旁邊的資料夾。「女性員工的平均年齡是二十四點三歲，平均工作年資是五年。離職的原因大多是因為結婚。」

這次真的讓她很火大。

「所以呢？」不禁很衝的回答：「你到底想說什麼？」

對方稍稍遲疑了一下。

「這實在是有些難以啟齒……也就是薪資的問題。企業經營之中不得不考慮的就是人事費用的壓力。飯塚小姐，您是否知道，花費在您身上的薪資、津貼等等費用，在員工當中算是相當高的。這樣說或許有些失禮，但實在是因為還有這一層的考量，所以……」

沒錯，真的非常失禮。

「可是所謂的績效考核，不是應該已經把年齡這部分也算進去了嗎？」日出子故意強調了「年齡」這兩個字，提出反駁。「再說，我得到的績效評定不就間接證明了我在工作表現上和應領薪資是成正比的？如果拿了十分薪水，卻只做八、九分事，那就另當別論。我認為這件事不能光從金額上來做比較。」

真的看到了，不是錯覺！對方的眼角又浮現了一絲笑意。

已經很久沒這麼憤怒過了。這傢伙，一定是打算看我的笑話。

「總而言之，我現在完完全全沒有離職的打算。」

「如果說……假設公司方面認為，已經不太需要您繼續在公司服務的話呢？」

突然間，日出子無言以對。這男人，嘴巴怎麼那麼不留情？難道是現在的人事部長對我有意見？她有點不安，退縮。可是應該不會吧。重新整理思緒之後，又反擊回去。

「如果是這樣的話，一開始就把裁員名單列出來，指名勸退就好了，何必讓所有員工都接受面談，根本是勞民傷財。」

村上明快的點了頭。

「確實如您所說。同時，我也充分了解您的意願了。只不過，公司方面在下半季之內要刪減三分之一的人力，似乎已經成為既定的事實。因此，只要預計的目標沒有達到，您至少還得再接受我兩次面談，請您見諒。」

「不必客氣。」

「此外，還有一項訊息提供您作為參考。假設這次您如願留了下來，減薪、還有下一季的裁員計畫仍會持續進行。屆時的離職條件恐怕只會比現在還差，這一點，希望您有心理準備。」

「我知道了。」

接著，旁邊的女助理交給他一分文件，上面詳細記載了一些有關離職的事項。日出子突然覺得實在是太慘了，明明自己還想繼續工作下去，公司卻不想要妳了……還有什麼比這更悽慘的事？眼淚忍不住湧上來。

村上一點也不顧她的反應，逕自開始說明文件上的相關內容。

這一天，日出子依照規定的下班時間，離開了公司。

她跟人有約。走到辦公室後方的停車場，坐進車裡，自己的車。不只是日出子，名古屋的人大多都開車上班。其實，她們公司所有的員工都是這樣。

和它的道路發展以及城市規模相較之下，名古屋的電車系統並不發達。市中心大多是六線道或八線道，其中甚至還有寬達一百公尺的大馬路。整個都市計畫中，就是以不塞車為最大考量。因此也有人謠傳，這其實都是受到那個納稅最多的財團豐發汽車的影響所致。

日出子扣上安全帶，轉動鑰匙，引擎馬上就啟動了。

這是豐發的輕型四輪驅動車「Lavo 4」。

正式開始上班後就買了輛新車，開到現在已經十年，貸款也還完了，目前還沒有打算要換車。除了對它有一分感情之外，也是因為有些地方雖然受過小碰撞，基本上並沒有什麼大問題。即使是操作頻繁的駕駛側電動窗，一次也沒壞過。

不只是這款 Lavo 4，豐發汽車的所有車款，幾乎都可以說是員工把對公司的「忠心」誠實表現在汽車製造上的產品，非常安全可靠。大家將公司視為自己生命中的一部分，可以說「視死如歸」。他們在品質上的堅持，絕非另外兩家大車廠（一家在東京、一家在瀨戶內）所能相比。因而得以成為全球第一的知名品牌。

打檔，開出停車場，日出子苦笑著。

開著這輛想炒自己魷魚的公司所製造的車子，這對直到如今依然努力工作、深深以公司產品為榮的自己，到底算什麼?恐怕自己才是那個「視死如歸」、被踢開都還忠心耿耿的狗吧。

自己的人生一向不夠精采，總是在某些地方有缺憾……。

從以前就一直是這樣，就連自己的名字「日出子」，也不例外。在瀨戶市內賣味噌豬排飯的雙親，當初還特別跑到熱田神宮去取了這個名字——「旭日出處之子」。據說是非常可喜可賀的名字，和聖德太子同等級。她是味噌豬排飯家寶貝的獨生女，背負家族期望於一身的長女。

可是，從她有記憶開始，就非常討厭自己的名字。

她小時候有氣喘，一直到五、六歲之前，都不常出門。父母親忙著做生意，她總是一個人在家看書、玩布偶。就算偶爾外出和附近鄰居孩子玩，最後一定是哭著回家。

事出必有因。

不知為什麼，日出子的額頭天生就特別突出，所以常常被附近的搗蛋鬼取笑。

日「凸」子、日「凸」子。「凸」子、「凸」子。日「凸」子……

所以，「凸」子就變成了她的綽號。當時的日出子因為膽小，而且也想不出什麼恰當的話可以罵回去，總是哭著回家。

一直到上小學，這樣的情況還是沒有改善。和同伴一起在走廊聊天的時候，常常會有男生不知從哪裡冒出來，「碰！碰！碰！」突然跑到她面前，「啪」一下拍了她的額頭，把她搞得哇哇大哭。

家裡唯一的寶貝女兒，將來還得靠她繼承家業，日出子的父母也覺得再這麼下去不是辦法。於是，半強迫的帶她到附近的游泳學校去學游泳。他們認為，只要把身體鍛鍊好了，個性也會變得比較堅強。

現在看來，他們的計策似乎奏效了。至少日出子是這麼認為。

在水裡舞動著身體，是一件快樂的事。她比同齡的孩子們都早學會游泳，而且游得更好。在少年組的比賽中，也得過不少獎。

這讓她體會到，只要自己肯努力，就一定做得到。同時，氣喘也不藥而癒了。慢慢開始有了自信。

從那之後，只要有人再叫她：「凸」子、「凸」子的話，她就會不當一回事的反脣相譏，說：「你說什麼啊？你這個矮仔財！」或是：「你自己才是短腿的大餅臉哩！」

漸漸不再有人拿她的額頭來開玩笑了。而「凸」子這個綽號，到了國中的時候竟然升格變成了「兔子」。自己對這個新綽號還算滿意，最起碼比「凸」子好聽些。

只不過，每次只要社團的學妹向她打招呼：「早啊，兔子學姐！」或是回答：「是的，我知道了，兔子學姐！」她就有些尷尬，因為這樣的組合聽起來還是有些怪怪的，連她們班的同學聽了都在一旁竊笑。

國中三年級的時候，她在縣府舉辦的自由式比賽中獲得優勝。接下來又在全國大會中得到第六名。

對游泳越來越有興趣，可是相反的，小學時總是名列前茅的課業成績卻一路下滑。她倒是覺得無所謂。反正以後要繼承家業賣味噌豬排飯，上不上大學都不重要吧？

唯一一個自小養成、沒有放棄的習慣，就是看書。

高中一年級的暑假，讀了司馬遼太郎的《龍馬出征》（竜馬がゆく）。主人翁坂本龍馬，小時候也和自己一樣，愛哭又膽小。藉由不斷的自我磨鍊，終於成為明治維新時代的重要人物。

那本書非常有趣，有笑、有淚，感人肺腑，讓她萌生了一個念頭——想去看看坂本龍馬的故鄉。

她迫不及待，利用剩沒幾天的暑假跑到高知縣，也就是土佐。夕陽西下，漫步在桂濱海岸。

一想起當年，「他」也曾在這裡留下足跡，就更加感慨萬千。

開學後，社團的學姐問她：「兔子！暑假去哪玩了？」她很興奮的回答：「高知縣的桂濱海岸。」

「啊？那是什麼東東啊？」

「坂本龍馬的故鄉。」

結果對方竟然瞪大了眼，然後是一陣爆笑。

「哇！哈哈哈！兔子！妳真是個怪人。妳好有趣哦！」

從此她便發誓，再也不跟別人談起有關小說這類的事了。

當年取笑她的那個學姐，力邀她進入現在這家公司，所以公司裡很多同事都知道她有一個綽號叫「兔子」。這裡的員工幾乎都是女性，彼此之間常常用綽號來稱呼對方，所以還是可以聽得到有人叫她「兔子前輩」。想想，也真是夠了，都已經二十八歲了，還……。

坂本龍馬由一個平庸的少年，脫胎換骨變成了歷史上的偉人、一個受人敬重的人物。而我呢？難道我的人生注定就是不夠精采、注定有缺憾嗎？

車開進市區，來到名古屋車站的櫻通出口。繞過有著螺旋狀展示物的圓環，那個人就站在那兒。穿著西裝，拿了個旅行袋，個兒不高的男人呆呆的站在那裡。不過，他很快就注意到日出子的車，高高舉起一隻手揮舞著。

一坐進車內，他就興高采烈的說：「唉呀，唉呀，真是謝謝妳專程來接我啊。」臉上堆滿了笑容看著日出子。「呼……我今天真是有夠累的了。呼！實在是累翻了。」

雖然是專程來接他，可是聽到他劈里啪啦說了一堆，實在有點倒胃口。到底是什麼原因促使他這麼精力旺盛？真是……你以為自己在說相聲嗎？

日出子和他，小倉弘彥，不知道算不算是在交往，總之已經認識三年了。

他們要開往鬧區「榮」去吃晚飯，因為從剛才一上車，弘彥就不停的碎碎念：「雞翅膀、雞翅膀，我要吃雞翅膀。」

「很久沒回來了，一定要去『小丸本鋪』吃吃雞翅膀。」

所以，只好去鬧區「榮」最有名的雞翅膀店。

停好車，在櫃臺等了五分鐘左右，被帶往後方的座位。因為剛剛已經先點好菜，啤酒和雞翅膀馬上就送了上來。

「嗯，真好吃！」弘彥一手拿著雞翅膀，喝了一口啤酒，看著她。「最近怎麼樣啊？妳們家的味噌豬排飯賣得怎樣？」

味、味噌豬排飯？日出子的舌頭都快打結了。

「今天找你來是要談我的事吧。不是嗎？」日出子回了他一句。「你不是為了這個才中途在名古屋下車的嗎？」

「啊！是嗎？啊、哈哈！是啊。」弘彥不識相的笑了笑。

真是，不可靠的傢伙。

「所以咧？第一次面談怎麼樣了？」

日出子約略的說了今天的面談狀況。一邊說著，一邊回想起和他認識的經過。

第一次見到弘彥，是五年前，在公司同事舉辦的一個聚會上。那些男生都在一家國內相當有名的企業上班，總公司在東京，他們是名古屋支店的員工。

其實日出子原本不想參加，因為自己當初是靠的是「泳技好」，而不是「長得漂亮」才進入這家公司。除了當天要參加的同事一個比一個還漂亮之外，實在是不想在現場聽到她們叫自己的綽號「兔子前輩」。因為這樣一來，那些男生一定會追問這個綽號的由來，接著就哄堂大笑。笑的人是很開心沒錯，可是被笑的人，因為更加意識到身體上的某些特徵，就會覺得很難堪。

所以一開始她謝絕了邀約，直到大家都答應她絕不提起綽號的事，她才勉強同意出席。

可是，聚會才剛開始三十分鐘左右，她就感到厭煩了。

在女人面前，尤其是美女的面前，這些單身的男人都忙著吹噓，想討好對方。如果是吹噓自己的事也就罷了，更討厭的是他們不停暗示自己的公司名氣有多大，自己在公司是如何被重用等等，聽得日出子都替他們覺得不好意思，他們愚蠢又色欲薰心的本性顯露無遺。

天底下最蠢的男人怎麼會全部聚在這裡了？你們公司怎麼樣，和你們的本性一點關係也沒有吧。

真是倒盡了胃口。

其中只有一個人完全不提公司或工作上的事。個兒不高的他，只有當大家在閒扯淡的時候，會偶爾插上兩句話。

他就是小倉弘彥。

聚會快結束的時候，不知怎樣，竟和他聊了起來。

「你很少提到工作上的事耶。」日出子問他。

「公司又不是我的，有什麼好說的。」嘲諷似的笑著。「我也不是什麼大股東，只不過一個小小員工而已。不過我也不會混水摸魚就是了。」

一針見血的回答，讓日出子不禁笑了起來。

散會的時候，他給日出子一張名片。他從頭到尾就只拿出過一次名片夾，所以，日出子也給了他一張名片。

他們就這樣開始交往。

起初，日出子以為他和外表不同，或許是一個敏銳的人也說不定。但其實——像現在，這個男人一邊努力啃著雞翅膀，一邊對說話的日出子點著頭，還不停忙著喝啤酒、在雞翅膀上灑胡椒、用面紙擦手指頭，讓人看了坐立難安。也不管人家有事找他商量，總之就是忙得不得了。到最後日出子實在受不了，就大聲用名古屋腔吼他：「喂！你到底有沒有在注意聽我說話咩？」

「當然有啊。」

「那你吃吃喝喝的速度口不口以放慢一點啊？你這樣叫我怎麼說得下去？」

結果他不好意思的笑了一下。「不是啦，實在是這個雞翅膀太好吃了嘛。」

說這話時，還看得見他的嘴角油膩膩的，閃閃發亮。

這個傢伙真的是……真的是少了一根筋。

弘彥其實也是名古屋人。當初因為想到東京發展，所以去考了慶應大學。後來進入這家公司，沒想到反而被調回了名古屋支店。

「呼……我的運氣真是有夠差捏。」

每次聽弘彥這樣碎碎念，日出子就想發火。明明是土生土長的名古屋人，硬要用那種怪腔怪調的關東腔說話。至少跟我這個道地的名古屋姑娘說話的時候，也應該用名古屋腔啊，而且更不應該說名古屋的壞話。

最讓人生氣的是他的車。不知是被鬼迷了心竅還是怎樣，竟然買了一輛本田的S2000。雖然那輛跑車的外觀和性能確實很不錯，但是日出子就是認為它非我族類。不只是她，恐怕只要是熱愛鄉土的名古屋人都會有志一同吧。大家總是忍不住嘟著嘴問他：「弘彥！你為什麼不買豐發的車咧？」

這時他會笑著說：「唉呀，豐發的車子看起來好像老頭兒在開的嘛！」

最後只有大吵一架。

眼前這個人，就是一副非我族類的樣子。

用四十八期的分期付款，買了一輛兩人座的車，然後老是喊窮，真是個沒出息的男人。

日出子將事情的來龍去脈說完之後，弘彥用沒什麼大不了的口吻說：「現在妳根本不打算辭職，對吧？那不就得了？就皮皮的，他們能拿你怎麼樣？總不能硬要把妳開除吧？」

「可是……」從前那個膽小的自己，彷彿又回來了。「公司或許已經不再需要我了，繼續留下來好像……」

「那有什麼關係，怕什麼？」弘彥難得這麼乾脆。「只要日出子妳不想放棄這分工作，就大大方方留下來啊。妳又不欠誰人情，公司的方針是公司的事，妳自己要怎麼規畫人生是妳的事，兩者不相干。」

稍稍鬆了一口氣。

不管怎麼說，這個男人有時候（雖然這種時候並不多）還是滿能夠切中要害的，而且總是能讓她感到安心。所以三年前當他被調回東京的時候，他們還是斷斷續續有聯絡。當然，這段期間彼此都沒有新的交往對象，也是原因之一。

「是嗎？」日出子自言自語。

「當然是囉。」弘彥用力點點頭。「什麼裁員啊、人事費用這些事就留給人事部長去煩惱吧。給他們薪水，不就是叫他們來處理這些事的嗎？」

可是接下來，他又用以前那種輕薄的樣子，一臉不懷好意的說：「那要不然，妳也可以選擇嫁給我啊。怎麼樣？」

這種輕浮的態度，讓日出子很不高興。

「你有存款嗎？」

「沒有。」

「看吧。」日出子說：「那你要用什麼來娶我？婚禮怎麼辦？」

「那有什麼關係，婚禮不辦也可以啊，只要去區公所登記一下就好了嘛。」

「住的地方呢？」

「還沒存到錢之前，就先住我現在在東京的公寓吧。雖然有點小，不過我想應該沒問題。」

弘彥輕率的回答，再次惹惱了日出子。

「你沒問題，我有問題！」

在名古屋，只要不是條件太差的男人，結婚的時候都應該要有房子，而且必須獨門獨戶。同時，女方也會準備一卡車的金銀財寶當嫁妝。

日出子覺得，這並不代表自己結婚的時候也非得比照辦理不可，只不過名古屋的女生們都是這樣，既然要結婚，就要有相當程度的準備才行，也可以顧及家中長輩的面子。像這樣，沒有存款，全身上下唯一的財產就是那輛開了四年的本田 S2000，竟然可以隨隨便便把結婚掛在嘴上？真是太令人難以置信。這種沒出息的傢伙，叫人怎麼敢跟他到東京去？

「唉，怎麼還是那麼無情呢？」弘彥悠哉的嘮叨著。

哼，你這個蠢蛋，慢慢等吧。

九點之前就離開了餐廳。弘彥隔天一大早和人約在大阪，有事要談。所以現在就要趕到大阪的旅館去了。

「到了以後，我就要邊睡邊看資料囉。」弘彥坐進車裡，以唱歌一樣的語調說著。

日出子這時才想起來，自己是四天前打電話給他的。那時候跟他說因為有些事想找他商量，所以趁他今天要從東京前往大阪的途中，硬要他空出時間來。

這個男人確實是沒出息，可是，至少他還算關心我。必要的時候，他還是願意大老遠跑來見我……。

在名古屋的圓環邊要下車的時候，弘彥像是突然想到什麼似的說：「我說，妳到底打算什麼時候才要帶我去吃你們家的味噌豬排飯啊？應該很好吃吧？每次都聽妳在說，這五年來，我卻連一次都沒去過咧。」

一下子不知該說什麼，不過很快就想到藉口了。

「等你存夠了要結婚的錢再說吧。」日出子說：「到時候再帶你去。」

「是嗎？」弘彥笑著。「那我努力看看囉。」揮了揮手，然後消失在名古屋車站的大廳裡。

那天晚上，日出子回家去了一趟。自從開始住在公司宿舍之後，就和父母親約定好了，每個星期一定回去一趟。

她在回家的路上一邊開車一邊想著：「我是不是太狡猾了？」剛才對弘彥說的那些話，其實是在敷衍他，自己撒了謊。

路上很空，三十分鐘左右進了瀨戶市區，十點之前就到家了。把車停在住家兼店面前的停車場，下了車，抬頭看看店門口的大招牌「飯塚屋味噌豬排飯」。已經過了營業時間，看板上的燈早就熄了。

嘆口氣，重新振作一下心情，嘎啦啦！推開店面的拉門。

「我回來了！」

右手邊的櫃檯前有十二個座位，另一邊則有五張桌子，差不多可以容納三十名客人。以這類型的店來說，算是中等規模。生意相當不錯，中午營業兩個鐘頭、晚餐三個鐘頭，即使是平常日子，也常常客滿。

飄過來一陣甜甜辣辣、令人懷念的味噌香味，還有炸豬排的油味也在空氣中彌漫著。

「哦，是日出子啊。今天比較晚哦。」櫃檯後方廚房裡的父親探出頭來說。
「嗯，今天有點事。」
「你這樣不行哦，下次要早一點回來啦。」母親一邊擦桌子一邊皺著眉頭。
「對不起啦。」
櫃檯裡有三名員工，其中一個高高的男人抬起頭來看著日出子微笑，打了招呼：「日出子，妳回來啦。」
「是啊，安先生，我回來了。」有點尷尬的回答：「在收拾東西了嗎？」
「嗯。」比日出子大兩歲的他點頭說：「順便準備明天的東西。」
「真辛苦。」
對方又笑了笑說：「哪裡，妳也很辛苦。」
「還好啦。」
「日出子，妳吃過飯了沒？」父親在一旁插嘴，讓她覺得鬆了口氣。
「我吃過了。」
母親又說：「水幫妳放好了，趕快去洗澡吧。」
「知道了。」
對安先生輕輕點了個頭，穿過走廊，揭開門簾往後面走去，打開一扇門就是飯塚家的住處。關上門的那一刻，如釋重負般的用力吐了一口氣，然後慢慢走上往二樓的階梯。
日出子的房間在二樓東南邊的角落裡。搬去住宿舍之後，父母親為她將房間保持原狀，定期打掃，包括從小學就用到現在的書桌、書架，還有小圓桌。把皮包放在榻榻米上，坐在那張也是用了很久的床，接著躺了下來，兩隻手枕著頭，看著斑駁的天花板。

鬱悶的感覺再度湧了上來。

嘆口氣。

安先生……唉。

他十年前就在日出子家工作了，是一個認真負責的男人，無論採買、招呼客人、事前的準備工作等等，任何事都安排的妥妥當當。為人相當沉穩，對兩個比他晚進的同事也不曾擺過架子、大呼小叫。再加上外表長得不錯，一些常來的熟客，尤其是歐巴桑們幾乎都是他的粉絲。

又嘆了一口氣。

父母親大概也都注意到了吧，安先生其實對她有意思。

對於日出子的將來，他們從未表示任何意見。雖然他們曾經淡淡的說：「現在這個時代，已經不在乎什麼繼承不繼承的問題了。妳就去做妳自己想做的事吧。」

其實，他們的心裡應該還是急著想要有人可以接手，繼續經營這家店吧？他們只是不想因此束縛了這個寶貝的獨生女兒，所以說不出口罷了。內心裡真正期盼的，還是她嫁給安先生、共同繼承這分家業吧。

至於安先生，原本早就到了可以自己出去創業，獨當一面的年紀了。大概也是因為顧慮到這點，才會一直留在店裡幫忙。

認真、誠實的好男人，外表又不錯。

並不是討厭安先生這個人，只不過就是下不了決心。雖然弘彥很沒出息，還是想和他在一起。不是出於母性的本能，想照顧他或是什麼的，而是因為和他在一起很自在，所有的規範、約束，通通可以暫時拋在腦後。自己也說不出一個所以然，總之，那是他獨特的魅力，可以讓自己感受到快樂的一種魅力。

然而，要她丟下逐漸年邁的雙親到東京去，是不可能的。十年、二十年後，除了她之外，還有誰能照顧他們呢？

不是因為弘彥沒錢，也不是因為他沒房子。真正的原因，她心裡明白。

唉。這到底是怎麼一回事？

才不過二十八歲，我的人生竟然已經一籌莫展了。

5

星期六，真介遵守約定回到了東京。他和陽子一同前往位在吉祥寺的越南餐館。喝了一口湯，陽子說：「怎麼樣？名古屋的第一次面談還順利嗎？」

「嗯，老實說，還真是個苦差事。」

「為什麼？」

真介對她說明了事情的經過，諸如面談的對象都是一些女性、她們的職業內容、大多數都是美女之類的，還有，現在彷彿還可以看到她們哭喪著臉、斜眼瞪著自己的樣子等等。

陽子笑了。「那對你來說可真是不容易呢，是吧？」

「什麼意思？」

「要裝出一副道貌岸然的樣子啊。」

「妳說那什麼話。」

陽子又笑了，然後岔開話題。「咦，我記得你說下星期有一天休假，對不對？」

沒錯。因為展示小姐週末大多不能休息，所以下星期三可以補假。真介當然也就跟著休息一天。

「嗯。」

「你打算怎麼辦？要回來嗎？」

「不了。一天而已，我想在名古屋四處走走就算了。」

「是嗎……」

離開餐廳的時候，陽子像是突然想起什麼，對真介說：「我話可是先說在前頭哦，你要是劈腿的話，我們就只好說拜拜囉。」

真介愣了一下。

因為他竟然想到了那個叫飯塚的女孩，那個在名古屋的凸額頭女孩。不知為何，覺得她有一種特別的吸引力，讓人想捉弄她一下。所以上次面談的時候故意問了一些讓她難堪的問題，到現在還很後悔，覺得自己太過分了。

「我怎麼會做那種事呢？」真介認真的說。

「是嗎？」陽子說：「在這方面，我覺得你好像不太可靠哦。」

「我怎麼可能會那樣呢，我已經有妳了啊。」

陽子苦笑，對真介說：「站好別動！」然後在他腳邊蹲下來。

「你鞋帶鬆了。」陽子幫他把鞋帶綁好，站了起來。真介感動莫名，對她說了聲：「謝謝。」

陽子點點頭。「我們走吧。」

「嗯。」

兩人手牽著手，往停車場走去。一起共度的這個週末，感覺很不錯。

6

同事在她的面前吐得唏里嘩啦——剛剛吃的炸蝦、飯糰，還有好多酒。她們吃太多，而且也喝得太過分了。同事眼眶含淚，在馬路上的護欄邊找了個矮樹叢吐了起來。日出子在一旁輕輕拍著她的背。

這裡是市中心的公園通和錦通交叉路口旁的人行道。

「怎麼樣？還好吧？」一邊拍背一邊問她。

「……嗚，兔子前輩，我粉不舒服……」她口齒不清的說。

這位同事今年二十五歲。今天第二次面談的時候，竟然答應自動離職，但是接下來的工作卻還沒著落。日出子因為明天休假，就陪她出來喝悶酒。結果喝著、喝著，變成了這副模樣。

她們的背後，行人來來去去。不需要回頭也知道，大家都用好奇的眼光看著蹲在路邊的兩人。

看就看吧，又有什麼關係。愛看多久就看多久。

「喏，拿去。」

把手帕遞給她。她緊緊握著那條手帕，什麼也沒說。過了一會才開口：「前輩，對不起。讓妳看到我這副德行。」一聲音裡帶著淚水。不是因為吐到想哭，而是一想到未來不知何去何從，就不禁淚如雨下。

「別擔心，我還不是一樣喝到爛醉。」

其實她們走出最後一家店時，日出子的步伐已經是踉踉蹌蹌的了。只不過，當她看到同事爛醉如泥的樣子後，不斷提醒自己可得打起精神，才總算撐到現在。

同事似乎還站不起來，保持那個姿勢好一陣子。後來才慢慢挺起腰來，喘口氣，把身體靠在護欄上。伸手看了一下手錶，凌晨一點半。地鐵已經關了，只能搭計程車回宿舍。

唉。

其實昨天第二次面談的時候，自己還不是又被那個村上氣到七竅生煙。

「像妳們這種工作性質，就算繼續留在這裡，過不了多久還是得摸摸鼻子走人。」

「飯塚小姐，如果您有這個餘力的話，還不如另謀高就，相信會有更好的表現。」

「即使您勉強留下，今後的待遇不會比現在還好的。」

威脅、利誘、哄騙……所有的一切都是為了勸我離職。

儘管如此，還是抵死不從。

又嘆了一口氣。我的人生，究竟將面臨什麼樣的變化？

馬路的另一邊，天橋的樓梯旁，有一座小小的銅像。不必走近去看也知道，那銅像是一隻少了一條腿的狗，是「忠犬沙武」。小時候在圖畫書上看過，那隻導盲犬為了救視障的主人而衝到車子前，因此失去了一條前腿。讀到這故事時，曾經哭了好久。

在她出社會工作之前，還一直以為這個故事是眾所周知的。有一天和其他縣市來的同事聊到寵物的話題時，說到了「忠犬哈奇」。有人自言自語說，好想要養一隻那樣的狗，日出子也想當然耳的就說「忠犬沙武」也不錯啊。結果大家卻是一副茫然訝異的表情。

日出子連忙說：「就是那隻在名古屋的忠狗啊。你們應該都知道吧？」卻引來一陣大笑。

隔著馬路，遠遠就能望見那隻狗。

這隻狗最早是豎立在名古屋車站前，後來因為站前的開發計畫，被移到「榮」這個地區來。

忠犬沙武，挺身助人的一隻狗。現在被放在這個不太顯眼的地方，孤零零的站著，過往的路人也很少注意到牠的存在。是否所謂的忠義，現在已經不流行了呢？

可憐的沙武……想著、想著，竟然好想哭。急忙提醒自己，不行，不可以哭。我再也不哭了。

回頭叫了蹲在矮樹叢邊的同事：「我們該回去了，走吧！」

捉住她的手臂，硬是讓她站了起來。結果她嘴裡不知嘟囔了些什麼，就整個人癱在日出子身上。大概是因為找到了支撐，酒精又在體內發揮了作用，讓她意識完全模糊，不省人事。

兩個人步履蹣跚的往計程車招呼站走去，前面有四、五個看起來像上班族的男人正往這兒走來。說說笑笑的樣子，應該也是剛喝過小酒，準備回家。他們越走越近，走在左邊的那個男人抬起頭。

日出子一看之下，呼吸幾乎停止了。

是村上！

趕緊把臉轉過去，想往旁邊閃開，卻突然勾到同事的腳，兩個人都絆倒了。

啊！糟糕！感覺柏油路面往自己撞了過來。

碰！本來想伸出手撐住，可是左手被同事的身體重量一拖，瞬間失去了平衡，跌倒之後還打了個滾。連忙四處張望，只見同事也跌坐在地上。

「妳沒事吧？」

有人靠過來問她。該死！這個聲音我聽過。沒錯，就是村上的聲音。不要理他，千萬不要理他。慌慌張張拉了同事的手，想要站起來。

不過，村上的動作更快，他已經伸出了右手。就算是拒絕他的幫助，站起來的時候還是會被認出來……真是有夠衰。

好吧，聽天由命了。她只好抬起頭。

果然，村上一臉吃驚的樣子。

「喂！村上。發生什麼事了？」他身後有人在呼喊，是村上的同伴，大概是其他的面談官吧。這下可好了，在他們面前醜態畢露，我們一定會成為眾人的笑柄。好想哭。

可是……。

「哦，沒什麼。」

聽到蹲在面前的村上這樣回答，心裡鬆了一口氣。他看了日出子一眼，又說：「你們先走吧，我扶她們起來以後，馬上就去。」

「我們也來幫忙吧？」

「不用了，不用。」說完，村上連忙做手勢要他們離開。結果後面又傳來一陣嬉笑聲。

「你可別做什麼奇怪的舉動哦。」

村上皺著眉頭說：「笨蛋，叫你們先走，還在那囉唆什麼。」
日出子覺得他這樣的口氣和表情和原來的形象有點格格不入。
那些人的腳步聲遠去了。日出子又鬆了一口氣。
「妳站得起來嗎？」
村上又伸出手來。
「沒問題。」
撥開村上的手，日出子自己站起來。她晃了一下，村上托住她的右手肘。
「都跟你說了，我沒事！」
她扭了一下身體，不想讓村上扶著她，村上也立刻鬆開手。嗯，算你識相。雖然很感謝他剛剛沒有把她們的事說出來，可是除此之外，卻不想再和他有任何瓜葛。
同事一屁股跌坐在地上，身體靠著矮樹叢，頭已經垂了下來。
「我們走吧。」急急忙忙叫著，想硬拉她起來，可是她根本軟趴趴毫無知覺。慘了，才不過一會兒功夫，她已經睡死了，怎麼也叫不起來。這女孩在同事之中算是個美人胚子，每次聚會都是目光的焦點，現在這個樣子……很可笑，也很可憐。
「讓我來吧。」村上說完，在同事的面前蹲下來。
「咦？」
「我來背吧。」村上抬頭看著日出子說：「她已經沒法走了。」
「咦……不用啦。」

「別囉唆了。」村上有點不耐煩的說：「要逞強也該適可而止吧。妳自己一個人是絕對沒辦法的。」

結果就這麼讓村上背著同事一起走到搭計程車的地方。村上背著她，默默走在日出子身旁；日出子也默默的走著。

應該感謝他嗎？是不是要開口道謝比較好呢？

不過，還是無法原諒這些人。

「我可先說清楚哦，我們是不會領情的。」日出子擺出高姿態說著：「如果不是因為你們，她也不會醉成這樣。」

日出子覺得他一定會提出反駁，所以擺好架勢準備接招。

「應該是吧。」村上一邊走著，很乾脆的點點頭。「我明白。」

這麼一來，反而不知該說些什麼。

到了計程車招呼站，村上把背上的女孩放進後座，日出子接著要坐進去時，他挪了一下身子。

「車錢夠不夠？」

「我有。」日出子一邊坐進去一邊回答，然後總算說了句：「謝謝你。」

村上有點尷尬的笑了。

「那麼，星期五的面談再見囉。這是最後一次了。」

日出子也淡淡笑了一下。

「我是不打算辭職的。」

竟然就這麼脫口而出。

村上又笑了。「現在這樣子比較像妳的風格。」

「是嗎？」

村上認真的點點頭。「非常迷人，讓人情不自禁。」

嗯？

啊！愣了一下，再抬起頭時，後座的車門已經關上。車子開始前進，她回頭看了後方。車窗外面，村上畢恭畢敬站在那兒，彎腰目送車子離去。過了前方第一個信號燈，在路口轉彎時才看不見他的身影。大概他一直到看不見車子為止都會保持一樣的姿勢吧。

日出子這時才轉身坐好，一個人自顧自的笑著。

想必他也是和自己一樣，跟同事喝了點酒以後，就變得心胸開闊不受拘束，什麼都不在乎了，所以才會說出那種話來。

想到這裡，又不禁笑了起來。

沒想到這好色的男人還挺會裝的嘛，最後還故意在那裡鞠躬哈腰，大概是從鄉下來的土包子吧。

不過，感覺還不錯。

7

第二天早上，真介被手機的鈴聲吵醒。睡眼惺忪拿起手機，看了一下時間，早上八點半。

「喂，你好。」

「是我啦。」是陽子的聲音。「對不起，你還在睡嗎？」

「是啊。昨天晚上喝太多了。」

「那我等一下再打好了。」

「沒關係，我也差不多該起來了。」

「是嗎？那麼……其實有件事要拜託你。」

「什麼事？」

「如果有看到真空包裝的雞翅膀，可不可以幫我買兩包？」

「好啊。」真介說：「我記得在車站裡面看過。」

「謝了。」陽子說：「我是在那種教人做菜的節目裡看到的，加在沙拉裡面，看起來很好吃的樣子。等你回來，我做給你吃？」

「好像不錯哦。」

「是吧？那就這樣囉。」

「好吧。」今天是星期三，陽子現在應該是要去上班了吧。「晚上再打給妳。」

「好。」

掛了電話。有一點宿醉，昏昏沉沉下了床，走進浴室。洗臉時想到昨夜的事，笑了起來。

加油吧！名古屋的母老虎，飯塚日出子。

8

下午。

日出子難得來到游泳池。這是豐發代表團專用的泳池，在總公司大樓裡。差不多有三年沒來過了。

換上泳衣，把身體淋溼，進入室內泳池。

走起路來還覺得有些輕飄飄的，是昨天的宿醉吧。其實依照她過去的經驗，像這樣有點暈眩感，游起來反而不會太過使勁，很舒服。

「啊！兔子學姐。好久不見了！」

池畔有一個以前的隊友跑了過來。

嗨，日出子點個頭，四處看了一下，除了她以外沒有別人。「今天不用練習嗎？」

「是啊。」她點點頭。「好久沒休息了。」

「那妳呢？」

「我也正準備走了，剛剛是來複習一下昨天學到的游法。」

「是嘛。」

兩人站著聊了一會兒，那人就往儲物櫃走去了。

泳池裡一個人也沒有。靜悄悄。

陽光由玻璃屋頂照射進來，把游泳池底照得海藍。水裡波光瀲灩，清澈得像面鏡子。

握住扶手，靜靜的從腳尖先下水。

慢慢的游。

不須張開眼睛。她全身的肌膚都感受得到池水柔柔軟軟的壓力，還有頭頂畫過水面後，水波向左右擴散而去的感覺。記得小時候剛開始學游泳，就深深愛上了這樣的感覺。

蛙鏡上的水珠被照得閃閃發亮。游了幾趟自由式之後，開始換成仰式。

玻璃天窗外，秋高氣爽。空中的浮雲，像是在追趕日出子，一片接著一片在窗外飄過。

仰望天空，一邊游著一邊想到昨晚發生的事。

「讓人情不自禁。」

嘴角不禁浮現一絲笑容。想起了更久以前的事。

「是，我知道了，兔子學姐！」

「兔子！妳真是個怪人。妳好奇怪哦！」

跟著又苦笑起來。

參加全國大賽，每次結果都不如預期。代表團的學姐們安慰著悔恨掉淚的自己，學妹們則是跟前跟後逗她開心。

不只是這些工作上的同事和游泳的伙伴們如此。出差的途中，專程為我趕回來的弘彥；一心為我著想，遲遲不敢開口要我繼承家業的父母；還有安先生……。連那個村上，都說了我很迷人。

望著湛藍的晴空，日出子笑著。

雖然現在面臨了一些狀況，一籌莫展的窘境也並沒有任何改善。但是，有這麼多人給我勇氣，支持我、鼓勵我。如果這樣還要抱怨自己的人生不夠精彩，是會遭天譴的。再試試吧。

人與人攜手圍成一個圈，無限擴大將自己包圍在裡面。

因為這個圈，才能自由自在、開心悠遊在這人世間。

第五部

離開

1

一轉眼，竟然已經到了十二月。

將近傍晚時分，真介被叫到老闆辦公室。

「哦，你來了。」

高橋微笑著站了起來，繞到房間中央放置沙發的地方。

「這裡坐吧。」

說著，要真介在沙發坐下。

這個老闆對下屬說話時，總是保持了某種程度上的客套。他絕不會用命令的口吻，例如：「坐下！」或是「你給我聽好！」之類的。

真介這麼想著的同時，在沙發上正襟危坐，開口問：「您說有事要跟我談，不知道是……？」

高橋用聽起來有些意興闌珊的口氣說：「其實呢，我有一個朋友在當音樂製作人……」

原來是高橋大學時代的好友，經營了一家音樂製作公司，目前的規模是員工十五名、資本三千萬。這家公司專任的音樂製作人有六名，有兩名是公司想解雇的其中之一。至於要請誰走路，完全交由真介他們全權處理。

的確是滿特別的案子。

「也就是說，六名製作人當中已經事先挑出兩個人，再交由我決定讓其中的哪一個離職，是嗎？」

真介大膽的使用「讓他離職」這個字眼。因為基本上，這樣做是違反日本的勞基法的。

「沒錯。」高橋點頭。「正確來說，是這家公司的老闆聽取你的意見之後，自己開口讓其中一人走路。所以，我們的一切行動將不會牽涉到違法的部分。而且這樣的做法已經取得兩名當事人的同意，這家公司也不會有違法的問題。」

真介點頭，表示了解這件事的來龍去脈。但他又提出一個疑問：「既然如此，為什麼要把事情變得那麼複雜？這個老闆只要直接勸退其中一位製作人不就行了？」

「事實上，好像又不是那麼單純。」

據了解，這兩個製作人年紀都差不多是四十幾歲，一樣是由公司草創時期就工作至今。甚至可以說，他們兩個是公司的中流砥柱。

「聽說他們兩人，從以前就處得不好。」

不只如此，關於明年度即將開始的製作部門改組，他們的意見不僅正好相反，互不相讓，還把另外四名年輕製作人也捲進這場紛爭，搞得整間辦公室烏煙瘴氣，醜態畢露，對公司的組織營運產生了不良影響。

「因為這些複雜的因素，老闆也不能太過隨便就叫其中一人離職。」高橋進一步說明。「否則，會被視為默許其中一方的意見。所有的問題根源，在於這兩人從以前就不對盤。在組織改編上會有不同的意見，也是因為他們對工作的態度和看法不一樣所致。於是這次要找出原因所在，只有委由外部專業而客觀的眼光來做判斷。」

「不過，為什麼是由我來接這個案子呢？」真介問：「恕我多嘴，既然您和對方老闆是舊識，由您出面處理這件事不是比較妥當嗎？」

「一開始我也這麼認為。」高橋難得皺著眉頭說：「可是仔細一想，我對音樂根本沒興趣，也不懂得欣賞。尤其關於這家公司的主軸 Japanese Pops，我完全沒概念。對我來說，每種音樂聽起來都差不多。像我這樣，怎麼能夠正確判斷該請哪位音樂製作人留下或離開呢？」

真介在心裡暗自笑著，總算也有你不擅長的部分吧。

「有些行業可以藉由書面上的資料來判別，有些則是要憑感覺。我想，由他們過去製作發行過的樂手的表現，也許可以作為參考吧。」

「原來如此。」

「接下來就換你上場了。我聽說你偶爾會去聽演唱會，所以我想，你對日本的樂手應該比較了解吧。」

真介想了一下，似乎真的是如此，同事聊天時幾乎很少談到關於音樂方面的事。

「可是這方面，我也並不是很內行。」

「那倒無所謂。」高橋回答：「我想比較重要的是，你對這個案子到底有沒有興趣。」

真介暫且答應了。

「下星期三，要去拜訪這家公司的老闆。到時候你也一起，順便再問詳細一點。」

「知道了。」

2

這一天，陽子來到公會的辦公室。

關東建材業公會事務所位於八重洲，它是由關東周邊的建材商和木材批發商所組成的，隸屬於全國性團體日本建材業公會之下。主要的業務項目有：配合業界廠商的宣傳促銷活動、每個月舉辦一次地區性會議促進彼此交流、每年舉行一、兩次公會的旅遊活動。

實際上，這個團體並不像它的名稱那樣嚴肅。

正式職員只有事務所所長一人，其他兩名幫所長處理相關業務的小姐，則是由人力仲介公司派來的。小小的辦公室還算整齊雅緻，位在八重洲口會館的後方，一棟混雜各行各業的辦公大樓裡。

現在，陽子和所長在辦公室裡面對面坐著。

頭髮微禿，今年將滿六十歲的所長，二十多年前由某家建材公司轉任到公會，擔任現在的職位。

外表看起來雖然不怎麼樣，可是陽子滿喜歡他。從她在營業企畫推廣部工作開始，差不多五、六年之間斷斷續續有合作的機會，認識他越久，越覺得這個人很不錯。他所提出的企畫案或促銷活動並不是特別創新或花俏的那一種，但他總是用腳踏實地的方式克服各種難關。

待人接物也好得沒話說。不管是入會企業間的利害關係調配上，或是公會主辦的活動，都能讓各家企業代表心服口服。即使在這個難搞的業界，這二十年之中，可以說鮮少有人對他有過什麼不滿，也因此才能穩坐所長的寶座至今。

所長悠哉的吐了口 Peace 的煙，慢條斯理說著：「芹澤小姐，妳上次提出的那分企畫，在批發業者之間獲得不錯的風評哦。」

「真的嗎？」

「而且不只是批發業，連東京的建材公司裡也有人知道這件事。可能是因為舉辦地區性會議時，大家會拿出來討論的關係吧。」

陽子興味盎然的問：「他們討論些什麼呢？」

所長開心笑著。「他們說妳『很厲害』哦。前不久才來過的櫪木縣小泉建材公司的老闆也說，妳是用階段性洗腦的方式，出奇制勝，讓人無法拒絕。」

陽子聽了只能苦笑。

「不過妳放心，目前為止倒沒有人說過妳的壞話啦。這就如同妳在一潭平靜的池水裡丟下一顆小石子，總難免要激起一些漣漪的。」

這樣的比喻，她明白。這個業界自從江戶時代發展至今，已經有數百年歷史。他們的交易方式一向沿用慣例，沒有人嘗試過改變，就像是一潭平靜的池水。一旦有人像陽子一樣，朝裡面丟了一顆小石子，是會激起一陣漣漪沒錯。

「是啊，您說得沒錯。」

聽她這樣附和，所長滿意的笑了。

「在這種情況下，還是妳們女人好。」

「啊？」

「哦，不要誤會了。我沒有別的意思。」所長繼續說著：「有一段時間，我也曾經存有偏見。」

一邊說，一邊不經意的瞄了一下在辦公室後方影印、還有在一旁裝訂資料的兩個女職員。

「一直到十年前左右，公會裡的其他員工都還是雇用男性為正式職員。後來，我才把他們都換成了女性雇員。」

陽子不太明白。

可能是因為她一臉困惑的表情吧，所長又進一步說明：「因為我發現，大多數的女性只要打從心底認同一分工作之後，即使工作中有些挫折或磨擦，都比男職員更能克服難關，執著而確實的達成目標。只不過，很多時候她們面對的是枯燥乏味的例行性工作，無法從中獲得一些成就感，很容易就變得敷衍了事。與其說是她們個人的問題，還不如說是管理者的帶領方式需要改進。」

「哦。」

「總之，當時忽然領悟到這一點，就……」他倉促的下了一個結論，並轉移話題。「倒是我聽說，妳們公司的營業企畫推廣部要被裁撤了，這是真的嗎？」

陽子點點頭。「預計明年夏天縮編，納入管理部門內。」

「那之後，妳怎麼辦？」

「誰知道。或許會被調到哪個單位去吧?」接著想到之前的事，癟了癟嘴笑著說：「其實今年春天，我差一點要被裁員呢。」

「是嘛?真是糟糕。」

所長看了一下牆上的月曆。

「下星期五，我們公會要吃尾牙，妳也來吧。每次都只有我們三個人，偶爾也應該邀請外面的人來熱鬧熱鬧才行。」

這邀約讓陽子有些意外。她想了一下，目前好像還沒有排定任何行程。於是答應了他。所長雙手在兩腿膝蓋上拍了一下，做個總結。

「那麼，詳細的時間和地點，我再寄 email 給妳。」

「好的。」

3

星期三。

在汐留觀景大樓四十七樓的某家餐廳。坐在這裡，新橋到銀座的夜景盡收眼底。

真介坐在背對著入口的下位，左前方的上位坐了高橋，正對面則是經由高橋介紹的音樂製作公司老闆。他們的背後，正是那一片迷人的夜景。

他叫大西晉，和高橋一樣四十七歲，他們在大學時代因為修了同一門課而認識。畢業後，高橋進入人力仲介公司，大西則進入唱片公司任職。差不多十年前，幾乎是同一時間，各自成立了自己的公司。

前菜快要吃完的時候，事情就已經談得差不多，資料也拿到手了。

大西和高橋兩個人，一邊吃著紅燒鮑魚一邊熱烈的話當年。聊聊同學們現在在做什麼，或是當年滑雪時住過的小木屋已經不在了，還有那個當上部長的同學的公司經營不善等等。

一樣吃著鮑魚的真介，有意無意聽著兩人的對話，不禁也豎起了耳朵。在這個社會裡，幾乎立於同等地位的兩個中年男子，他們所關心的話題、對人事物的看法都相差無幾。所以畢業之後，他們一直保持聯絡。

此外，真介還注意到一件事。

據真介的觀察，高橋總是和人邊談公事邊吃飯。或許是因為他真的太忙了，不過看起來他自己倒是樂在其中。真介覺得他對工作和日常生活之間的區分，不同於一般人。也可以說是公私不分吧。

現在就是這樣。剛剛還聽他在談公事，怎麼一下子卻聊起大學時代的往事，然後不知不覺又回到剛才工作上的話題。在工作、個人的兩個世界裡，自由來去，不受拘束。或許對他們來說，「工作」不僅僅是一分職業而已，也包含了個人的生命價值和人生觀在裡面吧。

那麼自己又是如何呢？真介想了想，只能在心裡苦笑。

雖然偶爾也會在下班之後、或是放假時想起工作上的事，可是只要一意識到自己在思考公事的時候，不知不覺就會因為不服輸的個性，使得自己心情不太好，陷入沮喪之中。自己在工作和個人生活之間有一段很明顯的落差，這是因為境界不夠高嗎？又或者，只是因為員工和企業經營者之間的立場不同所導致的呢？

「我說，村上先生。」

被大西一叫，真介才回過神來。

「是的，您有什麼吩咐？」

「剛剛交給你的那兩個人的資料，如果有哪裡不明白的，千萬別客氣儘管問我。只要我有時間，一定會一一答覆。」

他和高橋一樣，對下面的人說話也是客客氣氣的。雖然可能是因為我是外人，不過反而因此讓人覺得很不好意思。

「平常，不知道什麼時間撥電話給您比較方便呢？」

「兩點左右最好吧。因為我大概都是中午過後才會進公司，傍晚開始又要到外面談事情。」

「我明白了。」

「你可能會覺得我有些囉嗦，不過還是請你有問題盡量問。因為這次的決定，對我們公司來說是一件大事。」

九點過後，會談結束，他和兩位老闆在大樓出口道別。原本大西邀他一起再去續攤，喝點小酒，但是真介婉拒了。因為他覺得，他們兩個老朋友一定還有好多話要聊。高橋也只是笑笑，沒再多說什麼。

送兩人坐上計程車後，他慢慢往新橋車站走去。邊走邊看了一下手機上的簡訊。是陽子，寫了這星期六要到哪裡吃飯的事。

上星期難得沒見到陽子的面，因為她回父母家去了。陽子的父親七十三歲，母親六十九歲，兩人住的房子一樣在市區，貸款已經還清，現在靠國民年金和退休金過著悠哉的生活。可是陽子卻反而為此有點憂心。

「他們整天無所事事，一點危機感也沒有，遲早會得老人痴呆症。」

為了關心他們，她每隔一段時間會回家一趟。

真介覺得她的想法還挺有意思的，同時也感受到她對父母的那分愛。相信她應該也是在父母關愛下成長的吧。這種女人戀家，而且是「父母在，不遠遊」的那一類型。

相較之下，男人就顯得無情。一旦離家就音訊全無，好像玩瘋了的孩子，太陽都下山了，也不知道要回家。

真介就是這樣。雖說回家的路實在有點遠，不過……。總之，今年還是不回去了。十足是個不孝子。

穿越大馬路，一個人無奈的苦笑著。

4

接到通知的時候，還是覺得有些意外。

email裡寫的地點是「石亭庵‧東京店」，看起來滿貴的樣子，有點像是高級的日本料理店。陽子依常理判斷，一般公司吃尾牙應該不會到這種地方。

但是想了一下，又覺得無可厚非。

這些仲介公司派來的女職員，其實在餘興節目上意見還頗多的。認真工作、盡情玩樂，應該是她們的基本原則吧。所以一開始就放棄成為正式職員、加班到死的念頭，寧可當約聘人員。而所長大概也是因為人事支出減少了，就姑且撥出一些費用，選了貴一點的地方回饋大家吧。

陽子認定是如此之後，便輕鬆的往那家店所在的銀座一丁目出發。

沒錯，是家高級的日本料理店。在入口處說了名字，馬上有人帶她經過長廊的石階，到最裡面的和室去。

「打擾了。」一邊打招呼一邊拉開和室拉門，不以為意的抬起頭來。

結果，她愣住了。應該說是嚇了一跳。

所長就坐在拉門旁邊，側著身子對她笑著說：「哦，辛苦妳了。」可是卻沒看見那兩個女職員。倒是左後方的上位，坐了一個相貌堂堂、有點年紀的男人。

那男人看著陽子，臉上堆滿了笑。

「來，請進。別杵在那裡，過來這裡坐。」

「啊，好。」

心裡還猶豫著不知該怎麼辦。

這男人她知道，事實上，他在這個業界應該是無人不知、無人不曉。他是相川幸三，建材業最大企業「相川 Home」的老闆，以及日本建材業公會的會長。同時因為這家公司位於東京，他也兼任關東建材業公會會長。業界團體舉辦的各種活動，一定會請他到場致詞，所以陽子很早以前就見過他了。有一次代表公司出席一場會議時，還被他問過問題。

可是，不明白他為什麼會在這裡？難道我是在做夢？

「來，坐吧。」

聽從指示，在會長的對面呆呆的坐下來。

「芹澤小姐，真不好意思。把妳嚇到了吧？」所長微笑著說：「等一下我再跟妳解釋。」服務生點完飲料後，離開了房間。

「其實，說要吃尾牙是騙你的。」所長說：「今天的餐會早就安排好了。」

「安排？」

「就是要讓妳和會長見面的事。」

「咦？」

「讓我來說明吧。」相川插話。「芹澤小姐，是嗎？我之前就聽說過妳的事了，說是森松 House 裡有一個衝勁十足的員工。說得更明白一點，其實是他找我商量，說有一位女性非常適合接替他的位置，要我考慮看看。」

這次是真的讓她大吃一驚。

拉門打開，剛才的服務生送了東西過來，把兩瓶啤酒和酒杯放在桌上。陽子馬上拿起了酒瓶在會長的杯裡斟了酒。

「謝謝。」

他很滿意的對陽子點點頭。陽子接著又為所長斟酒。所長謝了她之後，也為她倒了一杯。喝了一口充滿氣泡的啤酒，似乎冷靜了一些。

「可是要找妳出來談這種事，必須非常謹慎。」會長慢慢的說：「因為不得不顧慮到妳往後在公司的立場，所以這次的會面，妳們公司的老闆並不知情。這些等到事情都談攏了再說也不遲。」

陽子明白他的意思。不愧是業界的龍頭老大，想得非常周到。

如果事先告知陽子公司的老闆這件事，萬一事後她拒絕的話，一方面事務所會很沒面子，另一方面，風聲也會走漏。這麼一來，就算要找別的人選，對方也會覺得自己是候補的，感覺很不好。

而且對陽子本身也沒有好處。因為，假設她婉拒了所長的好意，選擇留在公司，仍難免被貼上標籤，認為她對公司不忠，她在公司裡的處境會變得很尷尬。所以，大家都三緘其口是最上策，也促成了今天這場神不知鬼不覺的餐會。果然很高招。

「也就是說，這次的事情如果沒有談成的話，就當作我沒來過，會長也沒見過我，是嗎？」

會長非常滿意的笑了。

「沒錯，沒有任何人會知道這件事。反過來說，如果今天能夠談出一個結論的話，我會找一個時間約妳的老闆正式見面。那才是我們第一次的公開會面。」

陽子點頭表示明白。

「老實說，這在道義上並非是個妥善的安排。但實在是因為要考慮到彼此的立場，希望妳能諒解。」

她又點了頭。接著提出一個再單純不過的問題：「可是，為什麼是我呢？以我在公司裡的表現而言，並不是特別優秀，職位也不上不下。以年紀來說，所長這個重責大任似乎太沉重了一些……」

「先從最簡單的問題回答妳。」所長開口說明：「年紀的部分妳不必擔心，我自己也是四十出頭的時候接下這分工作的。」

「以現狀來看，年輕一點會比較好。」會長接著說：「我自己也在考慮要把公司交給兒子了呢。隸屬於關東建材公會的一些會員，由戰後開始算來，已經陸陸續續由第三代接手了，大概就和妳差不多年紀，或者大一點吧。如果要這些人和一個比自己大上二十多歲的所長談事情，在想法和溝通上會有些格格不入的感覺。」

「是啊，最近這樣的情形越來越多了。」所長嘆了口氣。「這些新上任的老闆們，對我難免還是有點敬而遠之的感覺。不管是誰，都會想到差不多是該退下來的時候了。」

「原來如此……」

陽子一邊點頭，一邊為會長又斟了些酒。會長喝了一口，又說：「至於妳說什麼在公司的表現之類的，我倒是認為，適合負責事務所工作的人，不必管他在公司的表現如何。」

陽子不太明白。

或許是因為看到陽子一臉疑惑的樣子，會長又繼續說：「只要是出社會工作的人，通常我們由兩個方面來評論他的表現。一個就是剛剛妳說的在公司內部的表現，還有一個就是在公司外面的表現。芹澤小姐，關於妳在外面的表現，也就是業者對妳的評價，我在事務所長那裡時有耳聞。像這次妳在森松 House 提出的企畫案，就是已經習慣這個業界傳統想法的人無法構思出來的。尤其對批發商來說，條件上確實是比較嚴苛，可是也沒聽說他們對妳有不好的評價。」會長苦笑了一下，「頂多是說妳『很厲害』而已吧。」

陽子看了所長一眼，結果他不好意思的對她笑一笑。原來如此。所長把我們之間的對話，原封不動、鉅細靡遺統統告訴了會長。恐怕連那個什麼「女職員比男職員還……」之類的論點也照說不誤吧。

「這種評價才重要。」會長又說：「事務所負責的業務內容裡，有很多是需要協調的。有時候，必須和對方公司商量，請求他們退讓一步，保全大局。能夠讓對方不動怒，心甘情願配合我們，需要有相當的手腕和魅力才做得到。不管是用人緣、低姿態或是任何技巧，都要有相當的天分才可以達成目標。」

聽對方說得煞有介事，反而讓陽子感到不安。或許是為了說服她，給她戴上一頂高帽，吹捧一番。但是陽子自己知道，自己還不到那樣的程度，會長言過其實了。

「非常感謝會長您的厚愛。不過，能夠有機會像這樣和會長您談話，好像是第一次吧。」陽子有些惶恐的開口說：「如果您再多和我談過幾次話，我想您應該就會發現我並不是您口中所說的那個人……」

會長的眼角浮現淡淡的笑紋。「我認為，所謂的評價是由別人給的，而不是自己對自己下判斷吧。妳覺得呢？」

「……」

「再說，我對所長的眼光很有信心，只要是他看中的人，不會有錯。所以當初他說要把正式職員換成約聘員工時，我也只對他說：『儘管放手去做吧。』結果呢？相信妳也看到了，不只省下許多人事費用，其他什麼問題也沒有。」

「是的。」

「因為我自己很忙，再加上這個會長的職位並非我的正職，所以實在很抱歉，選定下一任所長的事，也只能交由所長全權處理。」

「不過，我真的能夠勝任嗎？」儘管他們已經如此極力邀約，自己的內心其實也難掩喜悅之情，還是不禁感到畏縮。因為實在是太突然了。彷彿驟然被捲入漩渦之中，只覺得惶恐不安。「而且，一下子就調任為所長，這個任務似乎有些沉重……」

「這個妳不必擔心。」所長一個勁兒的希望她接任。「一開始，會先讓妳以次長的身分進入公會，擔任我的左右手。到了後年我要退任之前，會幫助妳掌握所有業務內容。這當中，我們將同時更換一批新的約聘人員，就交由妳去挑選適用的人選。」

薪資採用年薪制。剛開始，次長的年薪是八百萬起跳。等到正式升任為所長的時候，保證至少有一千萬。

陽子在考慮。

實在想不出有哪裡不妥，無論是接任的程序、業務內容、薪資計算或工作環境，幾乎可以說是無懈可擊。或許就因為這樣，他們才能那麼肯定的向我拍胸脯保證吧。

發現自己似乎快要被說服，連忙又提醒自己，不可以太天真。

不行，不可以這麼輕易下決定。今後的人生或許會因此有重大的改變，不可以不慎重。四十一年的人生路上，多少也學到些教訓了。不能因為看到令人垂涎欲滴的蛋糕，就不顧一切衝向前去，忘了先算算自己口袋到底有幾毛錢。

「但是，為什麼會選中我呢？」又重複了一次剛剛的疑問。「年紀和所謂的評價之類的說明，我都明白。可是具備相同條件的人，在其他公司裡應該還有不少，為什麼會找我呢？」

會長和所長兩人互看了一眼。

「妳說得沒錯。」所長先開了口。「那麼，就讓我先說明這個難以啟齒的部分吧。事實上，確實還有幾個適合接替的人選。不過，也不像妳說的那麼多就是了。在我看來，目前這幾個人的狀況都非常穩定，不管是他們的公司或他們的職位，看似都有不錯的展望。所以，就算我積極邀請他們加入，得到肯定答覆的機率應該是相當低的。」

原來是這樣，陽子在心裡無奈的笑著。原來是因為他們算準了我在公司裡不會有什麼展望了，所以才……。

「當然不只是因為這樣才找妳。」會長連忙接著說：「總而言之，男人在工作上總是比較保守。我自己就是這樣，儘管心裡想要來點新的嘗試，還是不免因循傳統的作法，無法突破。因為顧忌旁人的眼光而綁手綁腳，永遠不能創新。如果是持續成長的業界，那也就算了。偏偏我們這一行，已經快要窮途末路了。這個時候，就非得像妳這樣的人才不可了。」

「像我這樣的人才？」

「這樣形容或許有點失禮，不過借用所長的說法，就是：『只要自己認為是對的，就心無旁騖、勇往直前』的類型。」會長笑了。「妳這次在森松 House 提出的企畫案，就是最好的證明。還有，剛才也說了，即使這個企畫對業界來說有些嚴苛，他們卻對妳毫無惡評。這樣的資質及魅力，相信妳在擔任所長之後也能運用自如吧。」

稍稍喘口氣，又接著說：「我們必須有危機意識。這個業界的老闆們，越是有程度上的差異和意見上的分歧，越不能任由他們這樣分裂下去。在這種關鍵時刻，我們需要的不是一個萬能的選手，而是一個能夠全神貫注、堅持到底的人才。所以，我們才會找上妳。」

「是。」

陽子一邊回答，一邊思考。這實在是一種很奇妙的感覺，好像在做夢。彷彿眼前所見的一切，都將有所改變。就連桌上放著的那個杯子，也已經不再是剛剛的那一個了。

眼前，是一個嶄新的世界，一個令人為之震撼、又期待又不安的新世界。身上的每一個感官都為之騷動，目光所及之處，一切竟是如此不同。

5

咦？

真介不禁停下筷子，抬頭看著陽子。

「就是公會的事務所所長嘛。」陽子若無其事重複一次。「他們叫我去接這個位置。」

星期六，他們在新宿三丁目一家沖繩料理店的小包廂裡，一起吃著什錦麵線和涼拌海葡萄。

「很不錯嘛。」真介聽了事情的經過之後表示。「這也算是升官囉，是吧？」

陽子還是面無表情。「可是我真的適合做那樣的工作嗎？」

「為什麼不適合？」

「因為他們說，我是那種『只要自己認為是對的，就心無旁騖、勇往直前』的類型。」

真介差點笑出來。沒錯，形容得真好，這女人的個性就是這樣。

陽子還是一副沒自信的樣子接著說：「會長說，因為現在是非常時期，所以需要一個具有那樣性格，能夠出面協調任何大小事的所長。可是這好像不太像我吧？」

真介還是忍住了笑。這女人總是那麼大剌剌，坦率直爽，毫不掩飾。所以乍看之下，是很容易招惹出一堆麻煩的那種人。

「不過，我覺得會長說得沒錯。」真介總算定下心來，認真的說：「陽子妳的確是不太在意旁人眼光，說不定這反而是一種優點呢。」

「……什麼意思?」

「大家都不喜歡那種斤斤計較，只考慮到自己地位的人。就算最後事情解決了，可是時間一久，還是會喪失耐性無法忍受這種人。」真介覺得不可思議，這些事自己想都沒想過，卻能說得如此頭頭是道。「而陽子妳卻一點也不在意這些事。應該說妳根本就不放在心上吧。」

陽子聽著，竟有些生氣。「你把我當成什麼了?我都四十一歲了，怎麼會不在意。」

「不，不是這樣。」真介繼續說：「這和年紀無關。妳應該是那種把自己的想法和情緒看得比地位還重要的人。長久來看，這樣的真性情反而是好的。因為就算一時之間鬧得不愉快，對方也不會因此埋怨妳。一旦問題獲得解決，彼此又能很快的和好如初。我想，會長所說的『外面的評價』，應該也包括這一部分吧。」

「……是嗎?」陽子還是半信半疑。「可是如果在工作上引起紛爭，讓對方氣得火冒三丈，那怎麼辦?而且對方如果聯合其他公司的老闆一起罷免我呢?那豈不是丟了飯碗又很難堪?」

真介想了一下她所說的話。這應該只是表面上的藉口，不是她真正想說的。於是開口問：

「妳覺得不安嗎?」

沉默了一會兒。

嗯。她只是微微點了頭。「大概是因為我沒有自信吧。覺得有些害怕。」

平常作風強勢的她，現在卻只是默默盯著桌子看。讓人覺得心疼，想為她做點什麼。真介輕輕握起她的手。這時才發現，她的眼眶泛著些許淚光。

兩人握著的手，已經汗溼了。誇張的是，真介此時竟然感到內心有一股莫名的騷動。

「那，簽個切結書不就得了。」自己也不知道為什麼，想也沒想脫口而出就說：「只要會長擔保，不讓妳被罷免不就行了嗎?這樣妳可以安心了吧?」

陽子一聽之下，臉色大變。突然之間——「太過分了!」

真介只聽她這麼大叫了一聲，接著感到一陣劇烈的疼痛。原來是陽子在桌下重重踢了他一腳。

「啊!好痛!」真介痛得受不了，雙手抱住自己的右小腿。

「你這個人真是的，就算是說謊也好，你難道就不會說句：『妳放心，有我在妳身邊。』之類的嗎?」陽子像機關槍一樣念了他一頓。「既然都知道要握著我的手了，怎麼就不會說些溫柔好聽的話?」

「說那些哪有什麼用呢?」真介痛到快哭出來了。「事實擺在眼前，說那些廢話有個屁用?」

「你這個大笨蛋。」

「妳才是笨蛋。」

「什麼?你說我是什麼?」陽子氣到拍桌子。「我年紀比你大，也沒靠你養我，你竟敢這樣說我。」

「笨蛋和年紀大不大一點關係也沒有。」真介不甘示弱的說，但馬上感到有些後悔。

好不容易可以一起吃頓飯，而且還特別付了包廂費用，竟然搞成這樣。我喜歡的女人，怎麼老是這種類型?

6

睡不著。

房間裡黑漆漆的，陽子望著天花板發呆。

要繼續留在公司，還是要踏出那一步？從剛剛就一直不停的思考這個問題。她輾轉反側，看了一下時間，半夜兩點半。這樣翻來覆去竟然已經一個鐘頭以上。

身旁的真介平躺著，隱約可以聽見他微微的鼻息。

陽子嘆口氣。這傢伙，人家為了工作的事煩惱到睡不著，他卻……。

不過，這樣也好。

經過剛才那一番激情狂熱的性愛，已經過了兩個鐘頭。想必他也累了吧，才會像這樣睡得那麼沉。

她輕輕的側過身，看著真介的睡臉。和往常一樣，嘴唇緊閉，只有微弱的鼻息聲。他就算喝過酒，也不曾打鼾。大概是因為還年輕的關係，聲帶周圍沒有多餘的贅肉吧。

想起剛剛在沖繩料理店的事。

當他握住自己的手時，挑逗的看了一眼，是那種帶有情欲、動物性的眼神。所以自己也不禁有些溼了。可是他接著卻說出那種莫名其妙的話來，現在想起來，應該是因為不好意思吧。

最近才發現到，這個男人，乍看之下有點輕浮，可是實際上卻很有分寸。超出自己能力範圍的事，即使是開玩笑，也絕不輕易說出口。

雖然有些乏味，卻也因此讓人覺得值得信賴。

當時狠狠的踢了他一腳，讓他痛得幾乎說不出話來。

伸出手，輕輕碰了他的脖子，順著肩膀而下。真介只是稍微動了動，皺了一下眉頭。

陽子在黑暗中，一個人笑著。

我可真是個壞女人。

他身上的味道慢慢滲進自己的每一個毛細孔裡，開始對眼前這個比自己小了八歲的男人有所期待。

不過，這樣的感情只要放在自己心裡就好。

7

上週末，真介對大西提出一個建議——針對兩位製作人曾經合作過的樂手，提出一分意見調查。

這麼做是有原因的。

首先是數據，也就是調查這兩位製作人，石井和黑川，過去的成績如何。將過去十年他們負責製作出片的銷售金額，扣除ＣＤ製作費、廣告宣傳費、各種活動、招待的費用，就可以看出他們對公司的貢獻有多少。結果卻是兩個極端。

不用說，石井和黑川，在銷售上的作法完全不同。

看一下他們的照片。

石井看起來聰明理性，戴著一副很適合他的鈦金屬框眼鏡。這個製作人，不管是銷售如何差的樂手，都大概能達到一個平衡點。即使利潤不多，還是有賺。如果是容易推銷的樂手，就會直接反映在他的銷售成績上。他可以說相當懂得做生意的竅門，整體業績穩定成長。只不過，看一下他合作過的樂手名單，他在發掘新人方面似乎不太擅長。

至於黑川，則是滿臉鬍鬚，看起來有點嚇人。說他是面目猙獰，似乎一點也不為過吧。他的業績整體看來，和石井並駕齊驅。可是個別看來，卻相當分歧。有的樂手虧損連連，有的卻大收紅盤。也就是大好大壞，表現極端。

不過，以整體表現而言，這兩人在業績上對公司的貢獻都差不多。看來，只好從數字上無法判別的部分著手了。

真介一個人嘆著氣。

這分決定他人未來命運的工作，實在讓人抓狂。尤其是這一次的任務，和往常不同，是名符其實的「指名解雇」。雖然只需要和兩個人面談，但壓力卻比過去任何一次都沉重。

光是依照自己對他們個人的評價及判斷，畢竟是有極限的。為了更慎重、更深入了解這兩個人，他初步研擬了一分針對樂手提出的意見調查表，帶來給老闆大西。

真介說，這是一種人海戰術。

「老實說，以石井先生或黑川先生在社會上的資歷，像我這樣的菜鳥要對他們下評斷，恐怕有失偏頗。因此，為了多方面了解外界對這兩位的評價，這裡有一分調查表。今天再度登門拜訪，就是希望您能先過目，看看這樣的內容是否妥當。」

大西笑著點了點頭，開始看那分調查表。過了好一會兒，才抬起頭來。

「這最後一個問題是……？」

「其實這一題的答案，正是我們這分調查表的最終目標。」真介回答。「而前面其他所有問題，都只不過是為了這一題所布的局，以及再度確認作答者是否誠實罷了。」

大西有些尷尬的說：「但是這一題，對我這個老闆來說卻是意義非比尋常喔。」

「實在很抱歉。」真介坦率的說：「但是我認為這分資料，即使在日後仍然可以作為貴公司的參考。還請您多多包涵。」

「我明白了。」

「這分意見調查是不記名的。用這個信封……」真介從公事包裡拿出了四十個寫了他們公司名字的回郵信封。「我打算請他們直接寄給我。所有答案內容的填寫，也希望他們用電腦打字列印的方式。」

「這是為了確保作答者的身分不被曝光嗎？」

「您說得沒錯。如果不這麼做，這些人可能因而有所顧忌，不敢暢所欲言了。」

大西微笑。「我想知道，這套做法是你們公司既定的嗎？」

真介搖搖頭。「這次的面談方式，對我們公司來說算是頭一次。更不好意思的是，連這分意見調查表都是我自己做的。」

「原來如此。」大西笑了開來。「我總算明白高橋為什麼會推薦你了。」

發覺對方在稱讚他，真介連忙行了個禮。「謝謝您的厚愛。我只是希望最終的結論，能得到貴公司還有因此離職的那一位員工的認可。」

真介說的並不是客套話，他是真的如此期許。因為這次要指名解雇對方，如果不能讓大家都心服口服的話，將會造成一個難以彌補的遺憾。

同時，真介還考慮到另一件事——對大西來說，石井及黑川兩人不僅是員工，還是創業初期一起同甘共苦的伙伴。要開除他們之中的任何一人，想必內心相當煎熬。然而他在真介面前卻不曾顯露出掙扎和無奈。

真介覺得，「老闆」真是一個孤獨的行業。

8

約定好的星期五終於來了。

距離上次和會長在日本料理店見面，已經過了一個星期。今天之內，必須向所長報告自己的決定。

其實三天前，陽子曾經再度拜訪所長。在餐廳裡和真介發生口角之後，心裡一直在想，或許真的應該要對方提出一個任期上的保證。

結果，還是什麼也沒提就回來了。

在這種時局，連一流企業裡的人才都不知道自己明天將會如何，更何況是這個受公會會員意見左右的所長職位呢？就算現在對方白紙黑字提出了保證，難保日後不會變成廢紙一張。

只要敢開口，相信對方一定會允諾，即使不適合當所長也可以繼續留在公會擔任其他職務。不過，一方面自己並不是那麼渴望進入公會，另一方面，自己萬一被降職，大概也沒臉繼續留在那裡。所以那天，還是沒說出口。

昨天，星期四，見到真介的時候，照實對他說了。

「我想也是吧。」真介爽快的笑著。「我也覺得妳應該開不了口。」

「那，你說怎麼辦？」

「什麼怎麼辦？」

「就是所長這件事啊。」

沉默了一會兒，真介才開口。

「我認為，到公會對妳比較好。」

說得很乾脆，而不是像「那是妳的自由」或是「就照妳想做的去做」那種含混敷衍的答案。

「為什麼呢？」陽子問。

「妳在那家公司，已經沒有前途可言了。」真介難得一本正經。「就算妳繼續留下來，現在這個部門也會被裁撤，沒有妳可以發揮的空間。既然如此，還不如接下所長的職務，盡情施展妳過去在宣傳促銷上的經驗。」

儘管真介這麼說，陽子還是像上次那樣，彆彆扭扭的說：「如果大家對我不滿，要我馬上辭職呢？」

真介搖搖頭。「我認為這種事不會發生。關於這一點，我的看法和會長、所長完全一致。」

陽子正要開口，真介又接著說：「妳自己也應該很清楚才對。在這世上，做任何事都會有風險。就算是一流大學畢業、進入一流的企業，都不一定保證能工作到老。尤其在我做了這一行之後，感觸更深。我了解妳徬徨不安的心情，但是世界上沒有那種百分之百安全無虞的地方。既然知道有風險，就只能選擇風險較低的工作。」

這時才想起，這男人九個多月前還是自己的面談官呢。

現在，陽子佇立在公司附近的大馬路上，緊緊握住她的手機。

明明是寒冷的冬天，不知道為什麼手心直冒汗。應該是心裡已經有了答案吧。只是，怎麼也提不起勇氣撥這一通電話。

看了一下時間，十二點十五分。

所長這時候應該是一如往常，在會客室裡吃便當吧。如果到了五、六點，他差不多都是準時下班，而自己卻還得加班到七、八點左右。

所以，要打給他的話，就只有現在了。

打開手機蓋，嘆了一口氣，開始撥號。

9

星期二，所有不記名的意見調查表都寄回來了。

總共四十封，一封也沒漏掉。或許是因為這些樂手，都非常清楚這次意見調查的重要性吧。真介一封一封仔細的看著。

星期四的面談終於來臨了。

今天就要決一勝負。為了能夠談得深入一些，所以今天安排的面談時間是平常的兩倍。石井的面談時間從上午九點到中午十二點。同時為免有所拖延，中午的休息時間特別調整為兩個小時。黑川的面談則是從兩點到五點。

最後，再花一個鐘頭做總結，並將結論呈報給老闆大西。

再過五分鐘就九點了。身旁一樣坐著川田美代子。真介輕輕嘆了口氣，她笑了一下。

「覺得心臟跳得好快啊。」

她一邊玩弄著桌上的面紙盒，一邊小聲說著。想必她也知道事情的嚴重性吧。面談對象只有兩個人，而且對方完全沒有選擇的餘地，不管真介下了什麼決定，他們都不能反駁。這次的工作是真的將決定他人命運，難怪連她都會緊張。

九點整，石井進來了。

穿著西裝，瘦骨嶙峋。說他是因為吃得少，還不如說是天生不長肉的那一型。他面無表情的看著真介，整體的感覺，似乎比照片上還要神經質。或許是因為這種場合才讓他變成這副模樣也說不定。已婚，有兩個兒子，一個小五，一個小二。七年前，在橫濱買了現在住的公寓。

依照慣例，問了他要喝什麼，請他坐下。

真介先針對履歷表上的資料，問了幾個無關緊要的問題，讓對方稍稍緩和一下緊張的氣氛之後，再切中要害。

「石井先生，您所負責製作的這些知名樂手的銷售成績似乎都很不錯，平均都有十萬張以上。可是，您自己發掘的新人，表現好像差多了。」

為了這個問題，真介翻了好幾本書，終於了解音樂圈的運作方式。原來，新人和製作人之間簽下的合同，發片後賣得越好對製作人越有利；合同的大部分內容對新人來說，反而是嚴苛、不近人情的。不管紅不紅，要先簽三年的賣身契，目的是防範被其他製作人中途挖角。萬一很不幸的，第一張的銷售狀況不佳，接下來三年就只能望天興嘆、喝西北風了。所以有很多新人，之後就算有什麼好的作品，可能也沒什麼機會再發片，就這麼漸漸被淡忘了。同時也因為這個行業重視新鮮度，三年之後，大概也沒什麼人會理睬你了。另一方面，就算新人的唱片賣得再好，薪水增加的幅度也不大。因為一開始合同就是這麼簽的。

針對這部分，真介試著詢問了石井的意見。因為，經由石井發掘、日後成為知名樂手的新人幾乎是沒有。現在負責製作的樂手，大多是接手其他製作人已經費心栽培的，或是用更好條件挖角過來的。

「關於這一點，您的看法如何呢？」

想了一下，石井的回答是：「會紅的新人還是會紅。」

他認為，無論在什麼環境下，只要新人是一顆寶石，自然會嶄露頭角。而且在這個業界，一年有近百名新人發片，不可能照顧到每一個新人。

「當然，有才華的樂手，我也想盡力幫他做出好成績來。可是就算第一張大賣，五年之後呢？能夠繼續留在樂壇的有幾人？」

「您的意思是說，這樣做賺不了錢？」

「沒錯，就是這樣。」

「所以您不做冒險的事？」

「是的。」

「不過目前為止，應該還是有那種才華洋溢，讓您印象深刻的新人吧？」

「確實有過。」石井點頭。「但是以商業眼光來看，這種卻不一定會大賣，因為要考慮到時機、潮流、他的音樂訴求和一般大眾所關心的事物、喜好是否相差太多等等因素。反而有些覺得不怎麼樣的樂手，突然間大紅特紅，讓你莫名其妙。所以，到底什麼會紅、什麼不會紅，其實我們自己也搞不懂。」

「原來如此。」

真介一點頭，對方不禁嘆了一口氣。

「雖然也替他們覺得可惜，但這也是沒辦法的事啊。」

真介稍微想了一下，繼續又問：「石井先生，在您手下沉寂沒落、退出樂壇的這些新人，不知道他們後來過著什麼樣的人生呢？」

對方沉默了好一會兒。

「老實說，我認為這就不是我可以干涉的範圍了。能夠為他們人生負責的只有他們自己，除此之外，沒有人可以擔負這個責任。」

「您是說自己承擔所有責任嗎？」真介反問：「也就是在決定要靠興趣吃飯的同時，必須背負隨之而來的風險的意思？」

「雖然我沒有真正這樣對他們說過，可是仔細想想，不就是這樣嗎？」石井這才第一次正視真介的臉。「相信你也知道，十年前左右，我和老闆、還有其他人一起創立了這家公司。為了讓公司的經營步上軌道，最初的三年可以說是日以繼夜、拚命的工作。不斷向人鞠躬哈腰，就是為了業績。也因此深刻體會到，一個確實可預期的遠景，是絕對必要的。所以網羅那些表現不錯、銷售成績穩定的樂手比什麼都重要。」

「所以您就專注於網羅那些已經有相當知名度的樂手，是嗎？」

「是的，沒錯。」

面談過程中，並沒有什麼特別的狀況，進行得還算順利，和真介的想像相去不遠。

「讓我們換一個話題吧。」真介說：「恕我請教一個愚蠢的問題，這分工作讓您感到值得投入的原因是什麼呢？」

「應該是那種『押對寶』的快感吧。」石井說。也就是自己設想的銷售方式所達成的業績，和預期目標大致吻合，並且為公司帶來穩定的收益，持續成長。

「音樂對我來說是一項商品，我拿了多少薪水就該做多少事，因為我們不是慈善事業。我最大的任務，就是為公司謀取最大的利益。」

身為公司的一分子，他的想法算是相當認真務實。儘管如此，真介還是接著問：「所以您才會優先考慮銷售成績穩定的知名樂手，是嗎？」

石井點點頭。「如果不是這樣的話，豈不是要忙到焦頭爛額？雖然我沒有資格談論這個部分，但還是要不客氣的告訴你，別說銀行不借錢給我們，更別談什麼將來的經營計畫這種廢話。因為到時候可能連版稅都付不出來，只能關門大吉。光憑什麼理想、夢想，是填不飽肚子的。」

「哦，原來是這樣。」

真介一面點頭一面思索，現在這一段話，恐怕是為了牽制黑川而意有所指吧。

到了中午。

連續三個小時的面談，的確相當累人。川田也是一樣，剛才一起在附近餐廳吃中飯時，累到連話都不太想說，只是默默吃著她的義大利麵。

看著她，突然有一個疑問。

她的約聘期限之前已經到期了，由於真介極力推薦，公司方面願意再簽延期契約，所以她本人也欣然接受繼續留下來。可是在真介看來，以她這樣的條件，照理說應該找得到更輕鬆的工作才對。

「美代，妳為什麼願意繼續留下來呢？」

咦？川田抬起頭來。「為什麼這樣問？」

被她這麼一問，反而不知該如何回答。因為對她來說，既然公司願意用她，當然就留下來啊。

「我的意思是，該怎麼說……就是說以妳的條件，應該找得到更輕鬆的工作，何必來這裡受煎熬？」

她只是稍微揚起嘴角。

「村上先生您自己不也是做很久了嗎？」

「是沒錯，可是……」

「其實我還滿喜歡這分工作的。」她說：「雖然有時候會被人罵到臭頭，或差點被潑咖啡，可是在這裡能夠體驗許多事情，見識許多人。」

「嗯。」

「還有，這是我的錯覺也說不定，我覺得自己好像變聰明了呢。這些經驗，日後對我應該相當有幫助。」

「譬如說？」

她側著頭，有些不好意思的笑了。

「譬如說……以後選擇結婚對象時，才能分辨出什麼樣是好男人之類的。」

真介也笑了。

兩點過五分，黑川進入面談室。

如同先前預料的，是一個嚴肅的大漢。穿著皮夾克、牛仔褲，頭上戴了一頂軟皮帽，整張臉看起來硬邦邦的。

他莽莽撞撞的走向前來，看了真介一眼，皺起了眉頭。真介請他坐下之後，他又皺著眉問：「喂，你幾歲啊？」

說著，挪挪屁股，伸長了雙腿，整個人癱在椅子上。

「我叫村上，今年三十三歲。」

真介回答了之後，只見他翹起二郎腿，開始不停抖動他的右腳。完全看不出是要來接受面談的樣子。

接著，他又故意大大的嘆了一口氣。

「本來要把我拿來和那個叫石井的傢伙做比較，心情就已經有夠鬱卒的了，唉。」

說話的態度，簡直就和小混混沒兩樣。

這個人，一直都是這樣和人相處的嗎？看來並非如此單純。應該是已經豁出去了吧，所以才會表現出一副要殺要剮隨便你的態度。他八年前離了婚，現在每個月要付十五萬的贍養費。

好像不必問他要喝什麼了。真介直接問：「那麼，我們可以開始了嗎？」

首先，針對黑川的問題癥結，也就是銷售成績大好大壞的情形，提出了疑問。

「這種事是理所當然的啊。」他依然用輕蔑的口吻回答。

「幹這一行的，誰會紅、誰不會紅，根本沒有人可以料想得到。業績會大好大壞，是很平常的。」

「不過，由這分資料上的記錄看來，您虧損的幅度未免也大了一些。」

「我倒認為，只要整體表現有賺錢不就好了嗎？」

「但是對經營者來說，在估算年度計畫營業額的時候，似乎會有些困難？」

結果他竟然嗤之以鼻的說：「又不是什麼NTT或東京電力公司這種大企業，怎可能每件事都照計畫進行？」

真介差點笑出來，趕緊故作鎮定。

「那麼您認為已經盡了全力，是嗎？」

「什麼？」

「就是盡可能估算出銷售額之類的。」

「總之，我就是把整體表現拉到一定的標準嘛。」黑川有些不耐煩的回答：「所謂的估算，也差不了太多啦。」

「以外行人的眼光來看，如果把這些花在新人身上的宣傳促銷費用省下來的話，是否除了可以提高營收之外，業績的表現也不會有那麼大的差異呢？」

他一聽，不以為然的笑著。「你是說，像石井那傢伙一樣亂搞是嗎？」

真介又忍住了笑。不知道是因為他的口氣，或是使用的字眼，雖然一副無禮又吊兒郎當的樣子，卻讓人無法討厭他。

「不過，您在公司裡的風評好像還不錯。」

「那還用說嗎？」黑川說得理所當然。「因為我是那麼費心的想要捧紅他們啊。」

果然沒錯。真介確信，這男人真的下了很大的工夫。

「為什麼呢？」真介追問：「新人會紅的機率並不是那麼高，不是嗎？為什麼您不像石井先生一樣，選擇較為保守安全的做法呢？」

他大膽的提起石井的名字。

黑川悶不吭聲。過了一會兒，才自言自語的說：「因為他沒有愛。」

「啊？」以為自己聽錯了。

「我說『愛』。就是真心的愛。」

沒聽錯。真介嚇了一跳，也愣住了。聽到這個其貌不揚的男人連說了好幾次「愛」，實在不敢相信自己的耳朵。

「他心裡根本沒有愛，所以才會對那些新人那麼冷淡。」

「您的意思是？」

真介這麼一問，對方的答案如洪水一般湧來。

「你聽好，要出道之前的新人，在社會上就像是新生的嬰兒一樣。實際上，他們的年齡都差不多只有十幾、二十出頭，還分不清該往左往右，當然也不會自己走，因為他們發育得還不夠成熟。可是為了活下去，他們會拚了命一樣的呼吸。而且他們之中，或許有些真的是才華洋溢、天賦異稟，只要下工夫好好培育，就會有大放異彩的可能。儘管一百個當中才出現一個，但還是有責任要費心照顧他們。為了怕他們受風寒，用毯子包著；餵他們吃飯，以免挨餓，就像照顧小嬰兒一般。你明白嗎？」

黑川越說越興奮，一直用他那隻大手不停拍打自己的大腿。真介真的被他嚇了一大跳，無論是他說話的樣子、那種高傲的態度、將自己想法強加於人的作風，簡直把自己當成了全能的上帝。

「所謂的才華，並不是一項商品。它凝聚在一個人體內，融合他所見所聞之後，如實表現出來。對待才華，要像對待一個人那樣用心，它才會發光發熱。這不是成功機率有幾成的問題，也不是庸俗世人可以理解的。如果在關鍵時刻對他們疏於照顧的話，他們的價值觀會被扭曲，才華也會瞬間枯萎消逝。你可以儘管試試看，用那種該死的方式對待他們，不知不覺之中，你就會像一個殺人兇手一樣，扼殺許多無辜的新人。說什麼『會紅的還是會紅』之類的屁話，我連聽都不想聽。如果今天換成你是新人，你怎麼說？這樣的話，還能輕易的說出口嗎？人，還是要對得起自己的良心。我對自己發掘的新人，總是盡最大的努力去琢磨、呵護。能做多少，就算多少了，真是去他的。」

這時才發覺，黑川的聲音竟微微顫抖。

「如果到最後還是不行的話……那也是沒辦法的事，但是至少他本人可以心甘情願，微笑的離開這個圈子，重新尋找另一個人生目標。」

黑川說到這裡，總算停下來，瞄了真介一眼。

「你該不會把我當成一個異類吧？」

「哪裡，怎麼會……」

「真的嗎？」

「是真的。」

「那就好。我從不認為自己是個異類。其實我這樣對待新人，也有我的道理。因為你不知道將來會有什麼樣的變化，十年風水輪流轉，要將人視為一項商品，就絕對需要和他們建立感情。不只是表面上的交情，而是如假包換的真感情。這些人，原本就是很容易被感動、敏感的一群，只要你費心經營，即使有一天他大紅特紅了，也不會那麼輕易的說走就走，當然也就不怕別人來挖角。長遠來看，公司裡可以留住的人氣樂手也比較多。雖然業績上看起來起伏很大，可是長期下來，公司賺的錢還是沒減少。這才是我所說的做生意，一輩子的事業。你懂嗎？」

「是的……」

「是嗎？那我就不客氣的說，如果要把我和那種連這些事都不明白的人放在一起比較的話，這種公司就算是求我，我也不會留下來。」做完總結之後，站了起來。「我今天來，就是想說這些而已，其他的問題，我也不想再回答了。接下來還有錄音的工作要做，抱歉，我先走了。」

說完，就這麼走了。留下一臉茫然的真介和川田，目送他匆匆離去的背影。

真的是很不客氣。奇怪的是，真介卻一點也不覺得生氣。這男人所說的，不但自有一番道理，而且，竟讓人對他的那股狂熱，產生一種莫名的感動。

看了時間，兩點二十六分。不要說三個鐘頭，連三十分都不到就結束了。

再一次將視線落在手邊的履歷表上。

曾經是樂團鼓手，也作過曲的這個男人，黑川彥明，差不多有十年左右過著有一餐沒一餐的日子，後來選擇了這分工作。

回過神來，發現川田正用微笑的眼神看著自己。想也沒想，開口就問：「美代，妳覺得呢？

如果妳是要和他們合作的樂手，妳選誰？」

她認真的想了一會兒。「實在很難決定耶。」像是自言自語的說著。「不過，我大概會選這個吧。」用手指著其中一分資料夾。

真介點點頭，自己的看法也一樣。

還不到三點，就讓川田先走了，打算自己一個人留下來仔細想想。結果，還是做了一樣的決定。

比預定的時間早了兩個鐘頭，真介向老闆大西提出結論報告。

「先向您報告我的結論。」真介看著坐在沙發對面的大西說：「我個人認為，留下黑川先生比較好。」

「我知道了。」大西明確的點了頭。「那麼，就請你說明一下理由吧。」

真介從一大本厚厚的資料夾裡抽出兩張紙，遞給大西。

「這是上次意見調查的統計結果。」真介說：「其實，在整理最後一個問題的答案時，已經可以看出初步的結論了。」

「是嗎？」

「他們在公司裡的風評呈現兩極化，但是在銷售成績方面以及對公司的貢獻都差不多。不過，要是光憑他們個人的想法和工作態度來評斷是否適任，恐怕有失偏頗。」

大西笑了一下。「是因為其中會摻雜你個人的主觀偏好嗎？」

真介點點頭。

「為了深入了解除了公司內部的員工之外，那些曾和他們合作過的相關人士給予什麼樣的評價，於是進行了這分意見調查。我認為，這樣或許才能做一個較為公平的判斷。尤其這次的前提是，要讓他們其中一位另謀高就，更是不能草率馬虎。」

「沒錯。」

「意見調查的最後一項問題是：『如果現在你的製作人將跳槽到其他公司，對方願意提供相同條件的待遇，你會跟他一起走嗎？』請看這裡，石井先生負責的二十二名樂手當中，只有兩人願意跟他走；然而黑川先生的部分，十八名之中就有十四名表示要同進退。光看這一點，假設黑川先生要跳槽的話，貴公司將損失十四名人才。不過，這也只是一分參考資料，實際上他們會採取什麼樣的行動，就不得而知了。」

「是啊。」

「因此，今天面談的目的，就是想要深入了解這兩位製作人，平日如何與旗下的樂手相處，彼此之間的互動又如何。」

「結果是黑川表現得比較好嗎？」

「是的。黑川先生確實關心每一個樂手，了解他們的需要，簡直就像他們肚子裡的蛔蟲一樣。」真介做了一個奇怪的比喻。「因為他用心、用愛去培育他們，才能在工作上和他們建立密不可分的關係。相較之下，石井先生和合作對象之間的關係似乎建立在業績及銷售金額之上。乍看之下，並沒有什麼不同，可是用心經營慢慢累積成果的黑川，和只求結果不擇手段的石井之間，一旦到了關鍵時刻，就會產生決定性的變化。」

接著，真介沉默不語。因為其他的事，他無須再說也無權可管。

對大西而言，他只要讓石井看這分意見調查的結果就行了。雖然結果只是一堆數據，不具任何意義，但是要用來說服一個只求結果的人，卻是最適合不過的參考資料。

大西有些落寞的笑了。

「實在是一個痛苦的決定啊。」總算說出了真心話。「其實，石井是比較為公司在著想的。」

真介無法回答，也無須回答。因為這個問題的答案，已經超出了他的工作範圍，最後的裁決留給老闆大西就可以了。

走出辦公室的時候，突然想起了其中一張意見調查報告的內容，是有關黑川的。在最後一項問題的旁邊，額外寫了一段話：「我的ＣＤ總算賣出去的時候，黑川先生一把鼻涕一把眼淚，痛哭了一場。在我沒錢的時候，他還常自掏腰包請我吃拉麵或便當。所以，如果他要走的話，我一定跟他一起走。」

真介走在長廊想著，應該不只是親不親切、和不和藹的問題。歸根究柢，關鍵還是在於能否設身處地為他人著想。有了這分同理心，才能心甘情願為他掉淚、請他吃飯，與他同喜同悲，建立更緊密、且互相信賴的關係。

10

這傢伙，好像滿喜歡過這種節日的樣子。

陽子自己一個人笑著。

今年他們一起共度聖誕夜的那家餐廳，聽說四個月前就預約好了。回想起來，那時候他們也才不過交往第三個月而已。讓她不禁想問他，難道你是基督徒嗎？而且，你就那麼有自信，四個月後還能一起度過？

最後還是沒有說出口。

約會的時候，依然只去最初就決定好的店。關於這件事，他可是一點也不馬虎。對陽子來說，不僅無所謂，甚至覺得應該感謝他。

今天，他們決定吃晚飯之前先喝點東西。所以現在，陽子坐在一家咖啡廳等他。她早到了五分鐘，坐在窗邊的位子。

不知道為什麼，真介總是分秒不差，像是刻意經過計算一樣，今天想必也是如此吧。陽子一邊想著一邊呆呆的望著窗外。玻璃窗外，車站前的步道上人來人往，行色匆忙，每個人都快步由陽子面前走過。或許是因為歲末年終，為了迎接新的一年來臨，有很多事要處理吧。

不只是路上擠滿了人，連這個平日寬敞的空間都人滿為患，有談公事的上班族、腳邊堆滿了大包小包的家庭主婦、等待的年輕情侶。兩旁的商店門口，人潮也是進進出出，絡繹不絕。大家都正忙著迎接一個嶄新的未來吧。

陽子也是一樣。

上週末撥了電話給所長，向他表達誠摯的謝意，並欣然接受他的好意。原則上，從明年四月一日開始，她就是公會的職員了。

昨天，公司老闆透過人事部長向陽子傳話：「芹澤小姐，妳很厲害嘛。聽起來應該是來挖角的唷……」

這時候，好像才有那麼一點點真實的感覺。明年起，應該會進入一個和現在截然不同的環境，一個全新的世界吧。

嘆口氣，看了一下手錶。六點，過二十五秒。

然後——「我來了。」那熟悉的聲音在耳邊輕輕響起，有人撫著她的右肩。回頭一看，真介臉上堆滿了笑，站在那裡。他偷偷看了一下她的錶說：「讓妳久等啦，晚了三十秒。」

陽子笑了起來。

還是不改他那天真開朗、略帶輕浮的本性。儘管他心裡也有自己的事要煩，但至少表面上看起來總是輕鬆愉快。

真介開口問：「妳點了什麼嗎？」

「還沒。」

「那麼，就先喝點啤酒再走吧。」真介一邊在對面坐下，一邊說著。「喝到有點微醺，再去吃頓大餐。」

「好啊。」

真介舉起手，叫服務生過來，點了兩杯生啤酒。無論何時，他總是少不了啤酒。他喜歡這種酒精濃度不是太高的酒類。

兩人酒杯輕輕觸碰，互道乾杯，聊了一些無關緊要的事。今天晚上住誰那裡啊、新年要怎樣度過啊……聊著聊著，這才注意到。

其實，陽子剛才就隱約感覺到了。

由真介後方的盆栽之間，可以看到隔了好幾桌的位子上，有一個女人面對這個方向坐著。她只有一個人，像是喝著咖啡或茶之類的。也許是自己太多心，但總覺得對方不時向這裡窺視著。

那女人個子不高，留著短髮，臉蛋小小，下巴尖尖的，略帶羞澀的表情還滿討人喜歡的。包括她的穿著，整體給人的感覺相當清新脫俗。乍看之下好像和陽子差不多歲數，但是由她的坐姿和拿杯子的方式看來，也許還要大上一輪吧。

沒錯。陽子看到了，雖然對方故意裝得好像不經意似的，但陽子確定她是在偷看沒錯。

陽子心裡想，是在哪裡認識的嗎？怎麼自己一點印象也沒有。而且像這樣的女人，見過一次就絕不會忘記吧。因為依照自己的理想，十年之後希望自己也是這樣的感覺，看起來乾淨俐落、儀態端莊、氣質優雅。所以，如果是在工作場合見過她的話，不可能想不起來。

真介還在繼續說著，他現在聊到他的車子，說是一月要驗車，因為車子稍微改裝過，或許驗車的時候會過不了關也說不定。陽子適時的回話，一邊又往那女人的方向看去。

突然間，兩人四目相交，差不多兩秒鐘左右吧。以兩個互不認識的人來說，這樣的時間似乎長了點。

「我說陽子……」

聽到真介叫她，才回過神來。眼前，真介用一臉怪異的表情看著她。

「妳怎麼了？好像心神不寧的樣子。」他認真的問：「該不會還在擔心妳的工作問題吧？」

陽子笑了。「才不會呢。」

「那到底是怎麼了？看妳心不在焉的樣子。」

「不是啦。我剛剛在看一個人。」

「嗯？」

「剛才覺得有個人一直在看這裡，我以為是以前在哪裡見過的呢。」

說著，眼神望向真介的背後，真介也順著她的視線回頭張望。

但是那人已經不在位子上了。

「哪裡？是哪一個？」

有些慌張的四處搜尋了一下。

「咦？奇怪。剛剛明明還坐在那裡啊。」

「哦。」真介好像沒什麼興趣的樣子。「大概已經走了吧。」

真介似乎認定對方只不過是個陌生人。

「或許對方是在欣賞妳呢。」

「什麼意思？」

「覺得這個女人長得真不錯……」真介不懷好意的笑著說：「可是怎麼一臉倔強的樣子呢？」

陽子被他逗笑了。真介邊笑邊說：「把啤酒喝了吧，差不多該走了。別再去想那個不見的人了。」

陽子雖然也這麼想，還是不經意的望向窗外。

就在這時候，又發現那女人穿著風衣的嬌小身軀，走在人行道上。應該是剛付完帳，才走出店門口不久。可是……有點奇怪，明明是從圓環那邊的出口走出去的，為什麼又慢慢往車站這邊繞了回來？感覺上好像是故意繞一大圈，再回過頭往這裡走近似的。

真介仰頭喝著啤酒，正急忙要拉他袖子，跟他說就是那個人的時候，突然──那女人隔著玻璃面向陽子，淡淡的，但是非常明確的笑著。然後舉起食指，輕輕放在嘴邊。

陽子愣住，她總算明白了──不是我，她剛剛看的不是我。

那女人又稍稍靠近了點。沒錯，現在她的目光是落在真介背後。陽子知道，那個食指放在嘴唇邊、非常有女人味的手勢，是要陽子別出聲，不要驚動真介。原來剛才真介進餐廳跟陽子打招呼的時候，她就發現他了。接著，她看見真介親密的把手放在陽子肩上、坐下來的時候，就猜出他們兩人的關係了。因此趁真介還沒看見她之前，離開了餐廳。

只不過她還是忍不住又繞了回來。之前，坐在店裡的時候，她也是不停的偷偷望著真介。那眼神，充滿了渴望。

「呼！冬天喝，也很好喝。」

真介把一飲而盡的杯子放在桌上，完全沒發現窗外有人在盯著他看。他只是看著陽子，悠哉而爽朗的笑著。

陽子的臉幾乎僵住了。現在那女人越靠越近，來到她眼前，用眼角的餘光補捉真介的身影，然後頭也不回的從她面前走過，消失在人群之中。

真介依然情緒高昂，指了指陽子的啤酒，催她快喝。

「陽子，走吧。時間到了，肚子好餓喔。」但馬上又笑嘻嘻的說：「還是讓我來為您代勞呢？」

仔細一看，他的嘴角還留著些啤酒泡呢。

太殘酷了。

頓時，腦海裡浮現出這樣的字眼。

曾經有過交集的兩段人生……彼此接近、分開、最後漸行漸遠。茫茫人海之中，這樣的偶然恐怕不會再有。有人毫不自覺、只顧著傻笑；有人發覺到了，卻選擇默默離開。唯一不變的，還是光陰的流逝吧。

想到這裡，陽子忽然覺得想哭。「你這個大笨蛋。」不知不覺脫口而出。自己總是忍不住要這樣罵。

如果不這麼做，恐怕真的會哭出來吧。

文學新象 065

炒魷魚株式會社

君たちに明日はない

作　　者：垣根涼介
譯　　者：葉小燕
編　　輯：楊惠琪、王岑文
出 版 者：英屬維京群島商高寶國際有限公司台灣分公司
Global Group Holdings, Ltd.
地　　址：台北市內湖區洲子街88號3樓
網　　址：gobooks.com.tw
電　　話：（02）27992788
E-mail：readers@gobooks.com.tw（讀者服務部）
pr@gobooks.com.tw（公關諮詢部）
電　　傳：出版部（02）27990909　行銷部（02）27993088
郵政劃撥：19394552
戶　　名：英屬維京群島商高寶國際有限公司台灣分公司
發　　行：希代多媒體書版股份有限公司發行/Printed in Taiwan
初版日期：2006 年 8 月
改版日期：2010 年 2 月

國家圖書館出版品預行編目資料

炒魷魚株式會社/垣根涼介著 ； 葉小燕譯. -- 初版. -- 臺北市 ： 高寶國際出版,
希代多媒體發行，2010.2
面 ； 公分. --（文學新象；TN065）
譯自 ： 君たちに明日はない

ISBN 978-986-708-872-7(平裝)

861.57　　95013069